▲ 박상호 시인의 모교인 경남고교에서 시비를 준비, 제막식을 가지고 있다.

▲ "사랑하는 경남고여, 경고인이여 영원하라" 경남고 교정 시비 앞에서

▲ 박상호 시인이 경영하는 (주)신태양건설이 공동 시공, 완성한 동백섬 '누리마루' 앞에서

동백섬 누리마루 지은 감성 詩에 담아 읊다

누리마루 시공사 박상호 대표

'동백꽃' '누리마루' 시로 옮기다

누리마루가 달덩이처럼 훤하게 보이는 해운대 동백섬에서 마음속에 담고 있던 물음을 그에게 던졌다. "시와 건축 사이에는 어떤 관계가 있나?"

"시적인 감성을 건축에 자꾸 접목시키고 싶어진다. 시나 건축이나 궁극에는 아름다움을 추구하는 것이지 않나. 둘은 통한다." 조금 수줍은 듯도 하고 약간 건조한 느낌도 나는 말투로 그가 덧붙였다. "이쪽 사업을 하다보면 괴롭고 번뇌가 많다. 그럴 때 시는 마음을 정화하는 청량제 구실도 한다."

박상호(53) 시인은 지난해 가을 시 전문 계간지 '열린시학' 신인상을 받으면서 등단했다. 그의 현 직함은 (주)신태양건설 대표다. 시와는 다소 거리가 있어 보인다.

박 시인에게 동백섬은 각별한 장소다. 그가 운영하고 있는 (주)신태양건설은 동백섬을 일약 세계에 알린 누리마루의 컨소시엄 시공사였다고 한다. 누리마루는 2005년 부산 APEC(아시아 태평양 경제협력체) 정상회담이 열린 곳이다.

그의 등단작 중에는 '동백꽃'이 있다. '지난 밤 오신 비바람이/오지랖 다 적시고 간 동백섬//그늘이 맑다는 것을 이제야 알겠다//뚝뚝 진 동백꽃 주위로 번지는/초승달 덧니 같은/니르바나 햇살 조각들'(전문). 또 최근 작품에는 '누리마루'도 있다. '붉은 동백이 귀여운 자태를 뽐내고/고운(孤雲)의 시향(詩香)이 그득한 동백섬에/정자를 닮은 은빛섬이 떠있네….'

동백섬에 누리마루를 시공한 건설사의 대표가 시인이 되어 누리마루와 동백섬을 노래하고 있다는 것은 진기한 풍경이다. "공기는 촉박한데 미적인 측면이 중요한 건물이라 고생이 많았죠. 근데 저 말없는 건물을 시로 쓰는 것도 무척 까다로웠어요."(웃음) 누리마루 앞에 서자 그는 감회가 새로운 표정이다.

"밀턴의 '실락원' 같은 길고 유장한 시를 쓰고 싶습니다. 호메로스나 T.S. 엘리어트의 시에 워낙 심취했거든요. 긴 호흡으로 삶에 관한 근본적인 질문을 고유의 말을 살리면서 서정적으로 던지는 작품을 남기는 것이 꿈입니다." 두세 달 뒤 첫 시집을 낼 예정인 그에게 새로운 시적 관심사가 생겼다. 부산의 명소를 시에 담는 것이다. "요즘 가장 아끼는 것은 황옥공주의 전설을 간직한 동백섬 인어공주상입니다. 시로도 썼어요. 이런 명소들을 시에 담으면 부산의 문화적 향기를 돋우고 관광·문화상품으로 가꿀 수 있지 않겠습니까."

20여년 다듬은 시어들로 빚어낸 서정 長詩
2006년 등단한 신인 박상호씨

**국내 드문 200행 이상 시 잇단 발표 "웅대·숭고한 취향의 품위있는 시
장시의 가능성 이해·확산에 기여"**

　요즘 우리 시단에서 좀체 보기 힘들어진 것이 장시(長詩)다. 이유는 잘 알 수 없다. 비교적 짧은 분량의 시로도 원하는 서정을 담아내는 데 큰 어려움이 없기 때문일 수도 있겠고, '짧고 긴 것'은 시의 본령은 아니라는 판단 때문일 수도 있을 것이다. 그러나 시단 한쪽에서는 '우리 시가 너무 짧다'거나 '너무 짧아지고 있다'는 비판적인 목소리가 있는 것은 분명하다.

　주로 이지적이고 현대적인 시를 쓰는 시인들 중에서 이런 의견이 나온다. 어쨌든 장시는 호흡이 길고, 완결성을 기하기 위해 오래 긴장감을 유지해야 하며, 약점이 드러날 공간이 많기 때문에 쓰기 쉽지 않다는 것이 일반적인 설명이다. 독자의 눈길을 잡기도 상대적으로 어렵다. 보기 드물게 긴 시를 쓰는 장시의 시인이 부산 문단에 나타났다. 박상호(54) 시인은 2006년 시 전문 계간지 '열린시학' 신인상을 받으면서 등단했다. 부산의 건축업체인 (주)신태양건설 대표이기도 한 그는 당시만 해도 이색적인 신인 정도로 여겨지는 분위기였다. 그러나 그는 꾸준히 작품 활동을 하면서 개성을 드러냈다. 장시가 그의 영역이었다. 박 시인은 '부산시인' 2007년 가을호에 특별기고 형식으로 '테메테르의 진주빛 모성'을 실었다. 이 시는 202행(10쪽)에 달한다. 이 시는 그리스 신화에 나오는 땅의 여신 테메테르(데메테르라고도 번역함)의 모성애를 장중하고도 서정적인 분위기로 써내려간다. 임명수 시인은 시평에서 "너무나 정연한 형식미와 고담(高談)스런 필치로 해서' 아쉬움도 남지만 '웅대하고 숭고한 취향을 지닌 품위 있는 시'"라고 소감을 밝혔다.

　　시인 박상호씨(사진 위)와 그의 장시 원고.

　박 시인은 잇달아 최근 나온 '열린시학' 봄호의 '이 시인을 주목한다' 코너에 장시 '아폴론과 다프네'를 수록했다. 이 시는 294행에 이른다. 16쪽 분량이다. 4700여 행에 이른다는 신동엽의 '금강' 등에 비할 수는 없지만 최근 한국 문단에서 볼 수 없던 規모다. 이 시는 아폴론과 다프네의 신화를 애절한 사랑 이야기의 장시로 변주했다. 문학평론가 황인원은 이 시에 대해 쓴 작품론에서 '일반적인 서사시에서 사용하는 구조가 아니라 기존의 내용을 토대로 하되 새로운 시인만의 이야기 골격을 넣었다는 점에서 서사구조를 활용한 서정의 세계'라며 '이 시대에 장시의 가능성을 이해하고 확산하는 데 기여할 수 있다는 점에서 대단히 긍정적인 작품'이라고 평했다. 이 같은 장시들이 완성돼 활자로 실리기까지 20~30여 년이 걸렸다는 점도 눈길을 끈다. 박 시인은 "대학 시절 이후 꾸준히 써온 장시들을 오랜 기간 틈날 때마다 가다듬어 이번에 발표하게 된 것"이라고 말했다. 완성까지 20년이 넘게 걸린 셈이다. 박 시인은 "장시 원고를 여러 편 갖고 있다"며 "장시지만 서사시는 아니며 고운 우리말을 찾아 끝없이 조탁하고 선명한 서정을 살리기 위해 애쓴다"고 밝혔다. 황 씨의 분석대로, '서사를 포장한 서정'이다. 실제로 '아폴론과 다프네'만 봐도 '아리잠직'(아담하고 얌전하며 어여쁘다), '소사스럽다'(행동이 좀스럽고 간사한 데가 있다) '익더기'(새매의 암컷) '찬섬'(빛남) '말마'(급소) '애와티다'(북받치다) '미좇다'(뒤미처 쫓다) 등 사전에 의지해야 선명하게 알 수 있는 우리말과 시어들이 가득하다. 박 시인은 "밀턴의 '실락원' 등을 전범으로 삼을 만큼 좋아하지만 그런 대작들과는 또 다른 서정적이고 아름다운 개성을 지닌 시를 쓰고 싶다"며 "우리 시의 호흡이 짧은 것이 오히려 세계와 소통하고 위상을 높이는 데 장애가 되는 것 같아 장시의 세계를 더욱 갈고 닦고 싶다"고 말했다. 불쑥 문단에 나타나 드문 장시의 세계를 펼치고 있는 그가 작품 세계를 어떻게 갈고 닦고 그 장시들로 우리 시단에 어떤 의미를 보탤지 관심을 끈다.

▲ 박상호 시인에게 인어상은 어머니의 표상이자 무한한 상상력을 끌어올리는
촉매제로 나타난다.

동백섬 인어공주

박상호 시집

동백섬 인어공주

초판인쇄 | 2009년 1월 10일   **초판발행** | 2009년 1월 20일   **지은이** | 박상호   **펴낸이** | 배재경
펴낸곳 | 도서출판 **작가마을**   **편집** | 조훈아   **표지** | 최은경   **인쇄** | 선은인쇄사   **제본** | 광명제책사
등록 | 2002년 8월 29일(제 02-01-329호)
주소 | (121-841)서울시 마포구 서교동 448-38 한일B/D 302호   T.(02)333-2598   F.(02)333-1849
　　　부산사무실 /(600-012)부산시 중구 중앙동 2가 24-3 남경B/D 303호
　　　T.(051)248-4145,2598   F.(051)248-0723   전자우편 / seepoet@hanmail.net

※ 잘못된 책은 구입 서점에서 교환됩니다.

동백섬 인어공주

序文

　내 자신은 과연 무엇인가 하는 본원적인 질문을 해봅니다.
그 답은 나도 내 자신의 實相을 잘 모른다는 것입니다. 하지만
시는 내 자신을 잘 표현하는 영혼의 애절한 고백입니다. 생명
의 오저에서 용현되는 간절한 갈앙의 陀羅尼呪(타라니주)이며
나의 발가벗은 순백의 진실 그 자체입니다. 나는 내 영혼이 가
장 순수하고 해맑을 때만 단지 시의 三昧境에 들어갈 수 있습
니다. 나의 사상과 철학, 동경, 비탄, 염원 등이 시에 용해되어
있으며 내 자신을 찾는 구도의 정점에 시가 있습니다. 그래서
나는 나르키소스처럼 내 시를 사랑합니다.

　그동안 문학지와 신문에 발표한 시들을 모아 책으로 엮어 봅
니다.

　이 시집을 존경하는 모든 분에게 영혼의 선물로 바치고자 합
니다.

2009년 새해

박 상 호

제2부_ 한 떨기 이화를 닮은 그 희姬에게

차례

제4부 _ 신태양 그리고 그의 가족에게

제5부 _ 아폴론과 다프네

해설

제 1 부
누리마루

그리움

그건 영롱하게 피어오르는
애틋한 마음의 원절한 쏠림
그건 잡힐 것 같은 무지개를
잡을 수 없는 청순한 동심입니다

꿈속의 장미 정원을 거닐면서 부르는
가슴 저미며 불타오르는 애틋한 세레나데
아니 보랏빛 연민
통절한 슬픔 위에 피어나는 희열입니다

그건 별빛을 갈앙하는 시인의 눈동자
아니 비를 기다리는 파초의 염원
진정 간절하고 간절한 붉은 소망입니다

언꽃의 미소처럼 신비하고
오르페우스의 선율처럼 감미롭습니다
영혼의 호수에 일어나는 잔잔한 파문으로

숱한 연민의 동심원을 만들며 흩어집니다

잡고 싶어도 정녕 잡을 수 없고
듣고 싶어도 정녕 들을 수 없는
분명 있지만 보이지 않는
마음 속에 피어오르는
옅은 분홍빛 아지랑이입니다
이 아지랑이는 꽃잎처럼 지고 스러지지만
다시 애틋한 봉오리가 맺힙니다

벚꽃

간밤에 함박눈이 내렸나 보다
설화같이 피어난 순백의 망울들
아니 고목이 신비한 마술로
한 떨기 한 떨기 피워 내었나 보다
봄의 위대한 합창이여
은백색으로 하이얗게 물든
그대들의 순수한 침묵의 절규여
아니 봄의 요정들의 가녀린 군무여
봄의 절정을 백옥같이 찬미한
그대들의 귀여운 자태
펄럭이며 비처럼 내릴 제
내 영혼은 보다 수정같이 해맑아지고
봄의 향기를 온몸으로 느낀다

설중매 · 1

시린 겨울을 끼끔하던 매화나무어
봄을 그토록 동경해
수줍은 꽃망울을 오롯이 열며
봄을 그리워하여 은은한 향기를 흩을 제

봄을 시샘하는 백설이 독기를 머금고
그 어린 꽃망울을 아프게 누를 제

봄을 향한 열정과 기원은
더욱 강렬해지고
백설이 서릿발 같은 추위로
그대를 아무리 괴롭혀도

그대는 더욱 의연하고
봄을 향한 그리움만 더욱 깊어 가리니
정작 백설이 있어 더욱 아리땁구나

설중매여 불굴의 꽃이여
진정한 매화의 찬연함이여
세파의 고뇌를 헤쳐 가는
인고의 자애를 가진
내 어머니 같은 꽃이여

위대한 성인의 인품같은 향기여
시리도록 화안한 봄의 전령이여

설중매 · 2

이 딱딱 마주치는 시린 겨울
수줍은 꽃망울을 오롯이 열어
은은한 향기 서릿발 속 흩으며

의연한 그리움으로
늘 정정하게 서 계시던

환한 두레밥상머리
내 어머니 같은 꽃

동백꽃

지난밤 오신 비바람이
오지랖 다 적시고 간 동백섬

그늘이 맑다는 것을 이제야 알겠다

뚝뚝 진 동백꽃 주위로 번지는

초승달 덧니 같은 니르바나 햇살 조각들

달님의 짬짜미

어스름이 윤노리 나무에
어여머리처럼 내리고
아릿거리는 꽃보라의 노래
이젠 스러져 가고
참나리는 올방개에게
짬짜미를 주고받고
연지무늬양지니 슬피 울 제면
버마재비 밤이 온다고
시쁜거립니다

밀알진 애기 벌들 오구구 날고
산들바람 시샘이 타달거리니
그늘 돌쩌귀 잎새들 나부낍니다
보금자리 찾아 밥뛰어가는 산노루
아리잠직하고
어엿한 달맞이꽃
별님 애기 밤을 좋아해

어리무던한 산토끼
눈망울을 굴리고
훌근번쩍 부엉이
별님 애기 밤을 좋아해

북새 놓는 어스름이 아렷품 하면
올곡한 칡덩굴 잠에 빠지고
개여울 조약돌 꿈꽃 피어나
노랑뎅벌 어리바리 잠든 듯할 제
달님의 짬짜미 지레목을 흔듭니다
밀알진 애기벌 살포시 깨고
비아냥거리던 버마재비 살포시 깨고
어리무던한 산토끼 소리없이 깨고
아리잠직한 산노루 살포시 깨 보니

그건 방긋 웃는 달무리 였습니다

살바람

노오란 민들레가 봄꿈을 모두우면
슬미운 노래가 있습니다

멧부리에 자국눈마저 스러지고
애바른 나문재가 봄볕에 졸면
아드등거리는 노래가 있습니다

흰나비가 꽃가루 위에 바릇거리면
슬미운 노래가 있습니다

개여울 봄소식이
파아란 그리메를 드리우고
아지랑이 아른아른 피어오르면
아드등거리는 노래가 있습니다

하늘밥도둑의 시위잠을 깨우고
심마니의 옷깃에 놀램을 주는

봄의 시샘이 있습니다

저 산 너머 홍머리동이를 날리고
융융거리며 부는 살바람입니다

봄이 오는 소리

실개천 흐르는 물소리
살얼음 살포시 녹는 소리
버들가지 물오르는 소리
봄이 오는 가냘픈 소리

매화 향기 코끝에 스미게 하고
소나무 가지 흔드는 샛바람
아리따운 소녀의 눈웃음
입가에 하르르 번지는 미소 속에
봄이 오는 가녀린 소리

불현듯 가슴이 붉게 고동치며
알 수 없는 분홍빛 기다림
마음 속 깊이 애틋하게 피어오르는
노오란 희망의 꽃망울

연인을 두 손 모아 기다리는 마음으로

한 떨기 산수유 꽃에 귀 기울이며
봄이 오는 가녀린 소리를 듣고 있다

한 떨기 목련에게

제피로스에 파르르 떠는 한 떨기 목련이여
그대는 슬프도록 아리따운 내 영혼의 우상
밤하늘에 찬연한 스피카처럼
내 어두운 영혼의 밤을 밝히고
너무도 행복한 봄꿈을 꾸게 했노라
화산의 불기둥 같은 선홍빛 열정을
그대 순백의 미소로 흡입했다오

칼립스의 고혹적인 마력보다도
그대의 짙은 유혹은 더 향기로웠노라
피그말리온이 그토록 갈앙하던 이상향의 조각은
어찌 그대가 아니리오 나의 천사여

그토록 찾아 헤매던 내 영혼의 보석이여
그대는 순금보다 더 빛나는 영혼을 가졌구나
샛별같은 눈망울 홍매화 같은 입술
그 침묵의 언어가 가슴을 후벼 파고

내 생명을 붉은 용광로로 들끓게 하여라

내 그대 위해서 기꺼이 노예가 되리니
그대의 감옥에 나를 가두어 주오
내 그곳이 지옥의 심연이라도 좋으리니
내 그대를 바라보는 것만으로도 행복하리라
내 영혼의 붉은 천사여

뜨락에는 온통 목련의 지순함으로 가득하고
그대의 체취가 봄의 향기보다도 더욱 감미로워라

그대는 정작 아프로디테의 환생인가
기꺼이 황금사과를 그대에게 던지리라
샤롯데를 너무도 닮은 내 영혼의 우상이여
너무도 고혹적인 유혹의 요정이여
내 영혼을 아무리 돛대에 묶어도
그대의 유혹은 세이렌보다 더 강렬하여라

샤롯데를 너무도 닮은 내 영혼의 우상이여

저녁놀에 기인 머리칼을 흩날리며
별빛 같은 선율로 천상의 노래를 읊조릴 때
이 어부의 가슴은 어찌 파열하지 않으리오
태풍의 고요 같은 침묵으로 노래할 때
어찌 내 영혼이 미치지 않으리오
한 떨기 목련 같은 내 영혼의 보석이여

그토록 애틋한 사랑 나의 라오다메이아여
내 루비 빛 정열의 검붉은 선혈로
그대의 백옥 같은 가슴을 붉게 적시리라
한 떨기 목련 같은 내 영혼의 보석이여

유리디케를 물은 질투의 독사도
오르페우스를 찢은 메나드스의 증오도
그 둘의 사랑을 파괴할 수 없듯이

내 불멸의 사랑 내 영혼의 유리디케여
내 하늘의 베가성이 되어 그대를 노래하리라
나의 천사여 내 숭고한 흠모 영원하리라고
나의 목련이여 내 지순한 동경 영원하리라고

그토록 다시금 인간이 되기를 갈망한 야수와
그토록 아리따운 여인을 갈망한 인어공주와
정작 슬프도록 아리따운 사랑의 전설을 노래하리니
우리 영원한 사랑의 전설을 노래하리니

내 생명이 그대의 생명에 용해되고
그대의 영혼이 내 영혼에 융해되어
머언 훗날 영겁의 미래까지 영원히
결코 시들지 않는 불멸의 신화로 남아
우리의 지순하고 지고한 루비 빛 연가
연리지와 비익조처럼 영원하소서
목련 속의 금강석처럼 영원하소서

밤을 단장하는 분수

거대한 한 떨기 라플레시아마냥
원을 사랑한 대리석 소반 위에서
어둠을 혐오한 정갈한 함성이
무수한 수정이 되어 영광을 뿌리고
숱한 스피카가 되어 영광을 뿌리고는
이내 슬픔을 머금은 꽃보라가 되어
찰나의 정열을 사느랍게 불태운다

장엄한 한 떨기 프로테아
원을 갈망한 대리석 소반 위에서
밤을 불신한 순박한 절규들이
무수한 루비가 되어 희열을 뿌리고
숱한 大火星으로 되어 행복을 뿌리고는

죽음을 머금은 고운 홍염이 되어
수유의 전성을 찬섬하게 과시한다

비운의 니오베마냥 간단없는 비분을
강렬한 눈물의 꽃으로 승화시켜
적막과 음울이 장벽을 무늘레라

오! 밤을 읊조린 서러운 천사여
꽃을 찬미한 無明의 시혼이여
순간에 피고 진 영원의 꿈이여

자비

연약한 중생의 조붓한 가슴에서
광막한 해원을 끌어내고
가냘픈 생명의 퇴색된 공간에서
찬연한 불멸의 여의주를 끌어내는
향기 훈감한 보랏빛 전능

서슬마냥 비정한 탐욕의 화염도
이 온화한 연꽃의 미소에
그 강성한 시기심을 잃어버리고

궁시마냥 사막한 미움의 화염도
이 보드레한 眞魂의 광채에
그 집착한 어둠을 벗어버리네

그건 존귀의 향유에 담긴
거룩한 황금의 태양이리니
전단의 향훈을 十方에 흩뿌리며

안식의 무지개를 선연히 드리우고
광활한 大空의 神話를 영탄할레라

그건 윤기 흐르는 포실한 옥토 위의
찬섬한 희열의 다보탑이리니
우상의 그늘을 죄다 붕괴시키고
바래져 가는 정의의 순수한 선율을
의초로운 소생의 빛으로 부활시킬레라

너 향기 훈감한 보랏빛 전능이여
비애와 고독을 다듬는 순결한 조각가이뇨
너 향기 훈감한 보랏빛 전능이여
불행을 치료하는 존귀한 명의이뇨

그대는 온화힌 연꽃의 미소일레
그대는 보드레한 眞魂의 광채일레

동백섬 인어공주

아주 머언 옛날부터 전해오는
슬프도록 아름다운 전설이 있으니
인어공주에 관한 동경과 흠모의 노래일레라

아르테미스 여신*이 화안한 미소*를 지을 때
고국 나란다를 그토록 그리워하는
순백의 슬픔을 가진 황옥공주여!
가슴에 찬연한 여의보주를 품고
고국의 모습을 간절히 떠올릴 제
悲淚가 흘러 온몸을 적시고
슬픈 영혼의 노래가 너무도 애절하구나

그 애틋한 에메랄드 빛 그리움
창공의 푸른 시리우스*는 알까마는

---

*여신 : 그리스 신화에 나오는 여신. 달의 여신을 상징한다.
*미소 : 환한 보름달이 비치는 것을 의미한다.
*시리우스 : 큰개자리에서 가장 밝은 청백색의 별. 하늘에서 볼 수 있는 가장 밝은 별로,
　　　　　 밝기는 −1.46등급이고, 지구에서 거리는 8.7광년이다. 백색 왜성과 쌍성을 이
　　　　　 루고 있다. 늑낭성 · 늑대별 · 시리우스성 · 천랑성.

붉은 번뇌를 除斥하는 트리톤*의 나팔소리
네레우스*의 지순한 보랏빛 밀어만이
그 밍향의 비통함을 위로하리라
그 영롱한 눈망울은 샛별보다 아리땁고
흐르는 눈물은 진주보다 더 고와라
하이얗게 흩어지는 파도소리
붉게 피어나는 동백만이
그대의 마음을 헤아리는 友人일지니

자운*너머로 불타는 저녁놀
정중히 하루를 고별할 제
그대의 가슴도 붉게 물들고
영롱하게 빛나는 여의주는
그리운 고향의 소식을 들려주리라

＊트리톤 : 그리스 신화에 나오는 바다의 신. 포세이돈의 아들로 상반신은 인간이고 하반
        신은 물고기 모양이며 큰 소라를 불어서 물결을 다스렸다고 한다.
＊네레우스 : 그리스 신화에 나오는 바다의 신. 특히 에게 해의 신으로, 호메로스가 '바다
        의 노옹(老翁)'이라고 불렀다.
＊자운 : 자줏빛 구름이라는 뜻으로, 상서로운 구름을 이르는 말.

아프로디테*의 모습이 이토록 아리따우리오
로렐라이* 모습이 이토록 고우리오
내 그대에게 생명을 바치리라
내 영혼을 그대에게 주오리라

그 영롱한 눈망울로 말하옵고
연꽃같은 입시울로 노래하소서
그 순백의 슬픈 밀어를
피그말리온*의 애절한 기도를 보내오리니
슬픈 영혼의 노래를 들려주소서
황금 하아프를 건네오리니
나란다국의 전설을 얘기해 주소서

---

*아프로디테 : 그리스 신화에 나오는 미와 사랑의 여신이다. 그녀가 태어난 키프로스와
키테라에서는 키프리스와 키테레이아로 불린다. 로마 신화의 비너스와 동
일시된다. 머틀, 비둘기, 참새, 백조가 대표적 상징물이다.
*로렐라이 : 독일의 장크트고아르스하우젠 근방의 라인강(江) 오른쪽 기슭에 솟아 있는 커
다란 바위. 프랑크푸르트와 쾰른사이의 철도터널이 이곳을 통과한다. '요정의
바위' 라는 뜻.
*피그말리온 : 그리스 신화에 나오는 키프로스의 왕. 상아로 조각한 여신상을 사랑하여
아프로디테가 이 상에 생명을 넣어 아내로 삼게 하였는데, 둘 사이에서 딸
파포스가 태어났다.

달빛이 그대의 눈을 적실 제
내 영혼은 동경으로 가득하고
시리우스가 그대의 볼을 비출 제
내 생명은 활화산으로 타오르리라
그대 여의주를 들고 나를 바라볼 때
내 영혼의 우상이 되고
불멸의 흠모로 가득하리라

그대에게 소생의 입마춤으로
그대 몸에 따뜻한 피가 돌고
기인 머리카락을 흩날리며
풍만한 가슴을 출렁이며
나에게 사랑을 고백해 주온다면
내 가슴은 붉은 용광로가 되리라
하늘에는 동백꽃이 비처럼 쏟아지고
천상의 선율 감미롭게 축복하리라
그대와 바닷속에서 행복한 유영을 하고

아프로디테보다 더 아리따운 그대를
살포시 살포시 포옹하고파라

하지만 그대는 영혼의 밀어만 흩뿌리고
슬프게도 손도 가슴도 차가워라
내 간절한 기도와 세레나데*는
단지 루비 빛 꿈과 동경일 뿐
그대는 슬픈 黙言만 反芻하고
내 애틋한 흠모를 몰라주네
홍련의 서릿발처럼 애통하고 애통하구나

아르테미스가 화안한 미소를 지을 때
그대 옆에 영면하고 싶어라

---

*세레나데 : 저녁 음악이라는 뜻으로, 밤에 여인의 집 창가에서 부르거나 연주하던 사랑
　　　　　의 노래.
*나르키소스 : 그리스 신화에 나오는 미소년. 에코(Echo)의 사랑을 받아들이지 않았다고
　　　　　　하여 네메시스(Nemesis)에게 벌을 받아, 호수에 비친 자기 모습을 사랑하
　　　　　　여 그리워하다가 빠져 죽어 수선화가 되었다고 한다.
*에코 : 그리스 신화에 나오는 숲의 요정. 나르키소스를 사랑하였으나 거절당하자 슬픔으
　　　로 몸은 없어지고 메아리가 되었다고 한다.

한 떨기 나르키소스*로 피고 싶구나
나의 사랑스런 에코*여

내 영혼의 향기로운 우상이여
피그말리온의 애절한 기도를 보내오리라
한 떨기 연꽃같은 여인으로 소생 하소서
내 영혼의 미려한 우상이여

나의 사랑 나의 영혼 인어공주여
나의 사랑 나의 생명 인어공주여

반개半開 목련화木蓮花

봄을 향한 애틋한 날갯짓
눈부신 未完의 아리따움이여
앳되고 가녀린 수줍음으로
봄을 노래하는 하얀 천사여
차디찬 겨울을 건너
화안한 강 햇살
눈가에 담았구나

뾰쪽 뾰쪽 새싹 같은 여린 소리로
산과 바다, 그 사이의 꿈을 노래하리라
오랜 침묵을 깨치고
내 순백의 입술을 열리라

눈물 빛 봄이여 봄의 여신이여
미지의 애틋한 눈짓, 눈짓
나의 소박한 기원을 들어주소서
고귀한 생명의 은빛 갈채여

향춘심방 鄕春尋訪

靑松은 연이었고 白雲은 安祥해라
개여울 나를 맞고 옛 꿈은 새롭도다
어드메 송아지울음 서린 정적 깨우네

光輝는 翳翳하고 소리개 집을 찾네
버들에 새긴 希願 濁惡에 바랬구나
솔薰香 몸에 스미어 추회 어린 환상곡

어스름 깃을 접고 月光은 흩어지네
鄕宵는 어이 긴가 번뇌는 쉬임없고
외줄기 초롱 빛 비껴 애염명왕 미손가

누리마루

붉은 동백이 귀여운 자태를 뽐내고
孤雲의 詩香이 그득한 동백섬에
정자를 닮은 은빛 섬이 떠 있네

오륙도와 광안대교가 좌우로 위호하고
푸른 수평선이 무한한 미래를 여는 곳
정자를 닮은 은빛 섬이 떠 있네

천정은 석굴암의 우아한 반원을 긋고
곳곳의 단청은 신라 천 년을 간직했네
입구에는 정교한 자개로 십장생을 수놓고
21개국 정상들이 개방과 협력을 꽃 피우던 곳

신들의 우아한 또 하나의 궁전인양
천혜의 절경 해운대의 꽃이어라
개방과 협력의 꿈을 노래하던 곳

은빛 찬연한 영광과 꿈의 전당
무사이의 선율이 은은히 흐르고
세이런의 짙은 유혹이 살포시 배여 오는 곳

신선과 선녀가 하강하여 춤추는 정자여
태극의 신비가 천정을 수놓고
구름카펫 위에서 우애와 미래를 노래하던 곳

그 영광의 만찬장에서
오색불빛이 광안대교에 무지개처럼 떠 있고
하이얗게 흩어지는 포말과 파도소리는
정작 정상들의 심금을 울렸으리라

위대한 역사를 조각한 누리마루여
우주圓融의 哲理를 머금은 無始無終 순환의 원이
어라
끝없는 윤회와 불변의 진리를 간직한 원이어라

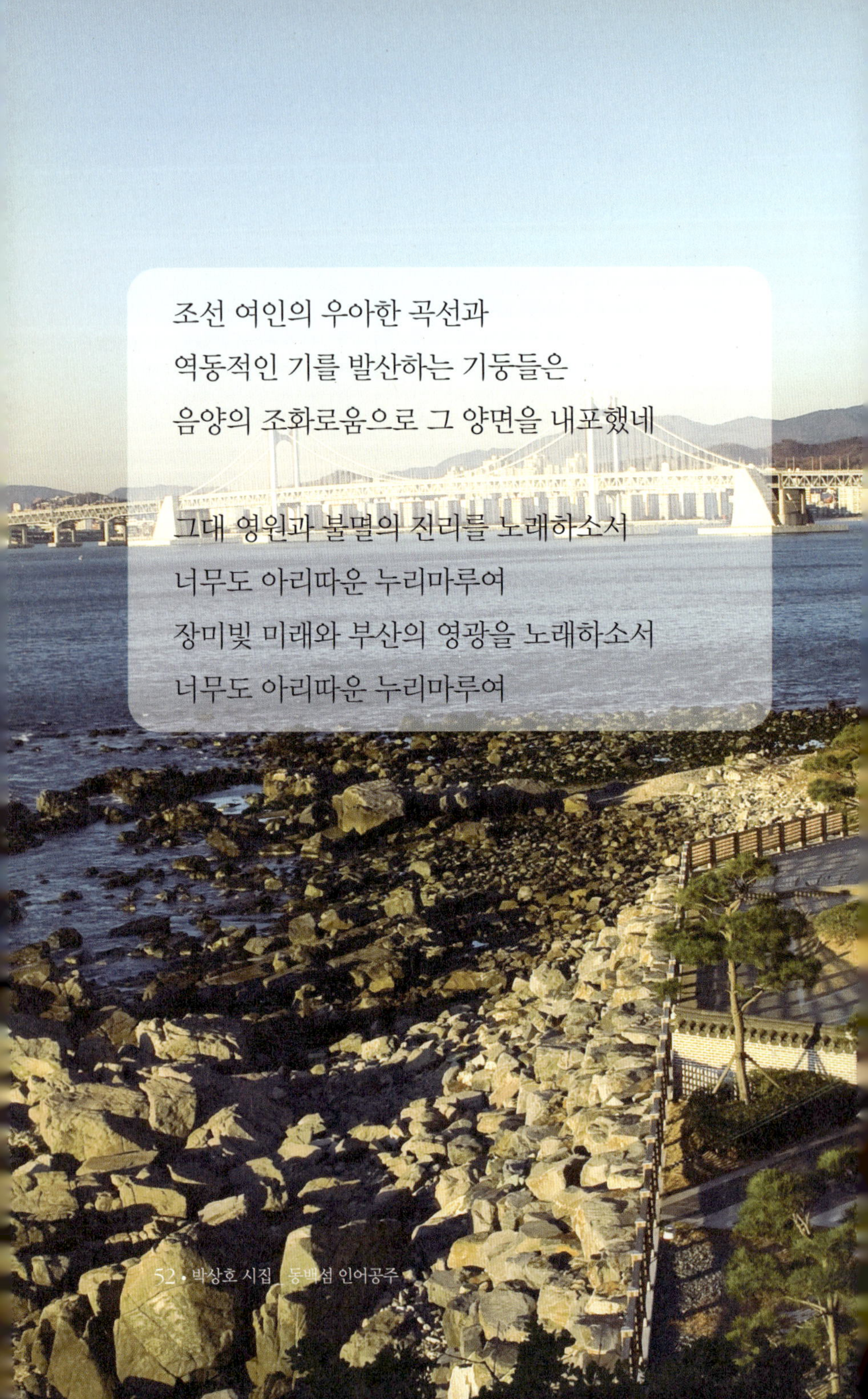

조선 여인의 우아한 곡선과
역동적인 기를 발산하는 기둥들은
음양의 조화로움으로 그 양면을 내포했네

그대 영원과 불멸의 진리를 노래하소서
너무도 아리따운 누리마루여
장미빛 미래와 부산의 영광을 노래하소서
너무도 아리따운 누리마루여

제 2 부
한 떨기 이화를 닮은
그 희姬에게

수련 · 1

淤泥의 더러움에 전혀 물들지 않고
물속에 피었으나 요염하지 않으며
정갈한 향기는 멀수록 더욱 은은하네

아침에 수줍은 꽃잎을 열고
무더운 한낮을 지나 午睡를 즐기는
신비하고 靈妙한 순백의 꽃이여

그대는 지극히 겸손하면서도
어떤 유혹에도 초연한 열녀와 같구나
정작 아르테미스처럼 순결하여라

폭염 속에서 뜨거운 열정을 노래하면서도
신비한 자애의 미소를 머금은 그대는
위대한 모성을 지닌 어머니 같구나

꽃이 열리면서 연이 나타나는

仁果俱時를 상징하는 신비의 꽃
생명의 실상과 자연의 법칙을 노래하나니

조화와 균형 우주의 섭리와
그 근저에 흐르는 인과의 법칙
생명의 본질을 노래하나니

꽃은 떨어지고 연을 완성하는
희생과 보은의 화신이여
그대의 숭고함을 견줄 데가 없나니

深谷에 홀로 핀 난의 그윽한 향훈이
어찌 그대의 정갈한 향기에 비하리오
위대한 聖人의 지혜같은 향이여

영혼이 오염되고 생명이 혼탁한 이 악세에
그대 淤泥에서 청정을 꽃 피운 것처럼

이 사바의 *濁亂*과 어둠을 정화하소서

오 위대한 순백의 연꽃이여
정녕 그대는 구원의 등대인가
자애의 신비한 미소 영원하소서

낙동강 삼각주에서

紫雲은 미려하고
波光은 애잔토다
황금새 옅은 꿈은
日暈에 서리었나
애틋한 갈숲의 연가
내 영혼에 스미네

한 떨기 이화를 닮은 그 희姬에게

그녀는 정녕 백설을 닮은 梨花인가
총명하다 못해 아리잠직한 두 눈을 반짝이며
너무 귀여워서 오히려 얄미운 미소를 머금었네
정작 한 떨기 梨花가 이슬을 머금은 것 같아라

그대는 정녕 전설 속의 로렐라이인가
장미빛 영혼으로 오오로라처럼 불타오르는
아니 꿈결 같은 선율로 뇌살시키는
저 신비로운 유혹의 님프여라

증오스럽도록 사랑스러운 유혹의 요정이여
그대는 초생달 아래 하이얗게 흩어지는
결코 화사하지 않은 흰빛이어라

그대여 붉은 선율을 흩뿌리지 마오
흩어져버린 그 여음만으로도
그 슬픈 바위 위로 파선해버리는 어부처럼

내 진홍의 가슴은 더욱 붉게 타버릴 것 같네

무지개를, 쌍곡선을 긋는 무지개를
두 손으로 붙잡을 것 같지만은
아! 무지개는 가까운 듯 점점 멀고녀

내 영혼의 붉은 님프여,
그대는 결코 화사하지 않은 유혹의 꽃이어라
미명의 이슬을 머금은 한 떨기 이화일레

오! 슬프지 않은 슬픔이여
초생달 아래 머금은 순백의 화신이여
오! 기껍지 않은 희열이여
전설을 옮겨놓은 유혹의 요정이여

아리잠직한 그대의 변치않는 눈망울처럼
영원히, 영겁의 미래 영원히

무구한 내 영혼의 우상이 되어
결코 스러지지 않는 梨花가 되소서

난초같이 청초한 영혼 단야여

벽골제에 꽃핀 보석 같은 사랑
너무도 애절한 전설이 있으니
원덕랑을 흠모한 단야의 비애여

루비 빛으로 불타는 내 영혼의 우상이여
저를 사랑해 주옵소서 님이시여
님에게 바치고 싶소 내 소중한 순결을
님에게 바치고 싶소 내 장미빛 열정을

나도 아름다운 그대를 사랑하고 싶지만
슬프게도 나에게 이미 약혼녀가 있소
어찌 청천벽력이 아니리오 나의 님이시여

단아한 그대여 너무도 애처롭구려
정작 내 가슴도 터질 것 같아
붉은 번뇌는 무간지옥의 불길 같구려

내 님이시여 사랑하는 님이시여
님의 진정한 행복을 위해
내 스스로 龍神의 제물이 되리라
이 벽골제의 재앙을 소각하소서
내 기꺼이 용신의 희생양이 되리라

내 사랑하는 님이시여 님이시여
님의 행복을 위해서라면 위해서라면
아비지옥의 고통은 오히려 희열일지니
헌신적 사랑의 진정한 의미를 조각하고
숭고한 흠모의 지극한 아름다움을 노래하리라

님이시여 내 님이시여 행복하소서
진정한 염원은 오직 이것뿐
즈믄 해의 한과 비애도 스러지리니

어느 여름날 직녀성이 유난히 빛을 발할 제

님이시여 이 단야를 불러주소서
통절하게 슬픈 메아리로 화답하리니
보랏빛 내 슬픈 사랑을 기억해 주오 기억해 주오

슬픔과 희생 위에 꽃 핀 헌신적인 사랑이야말로
달빛에 비친 수정과 같이 찬연하리니
정초하고 단아한 여인 단야여
억겁을 지나도 그 숭고한 사랑 불멸하리니

*참조 _ 김제 벽골제 단야의 설화

청순한 사랑

그건 여의주의 눈물로 우민
산호의 동경일레
장미의 영혼으로 씻은
노을의 기도일레

피로한 꿀의 전선을 빌려
비애의 신기루를 으깨고
극락의 꿈 이삭을 빚어내
동심의 껍질을 깨뜨린다

별빛이 스러지는 아픔으로
청춘의 능금을 키워내고
여울이 시드는 아픔으로
청춘의 진주를 연마하리니

황혼으로 단장된 동산을 만드소서
천사의 추억으로

순결의 샘을 만들고
무지개 여운으로
순결의 꽃을 만들리라

무지개로 단장된 묘혈을 만드소서
하오면 이 영광의 제단에
푸슈케의 갈망과
오르페우스의 비애를 바치리라

폭풍우가 몰아치는 이기대에서

두 妓女의 원혼들이 통열히 울부짖는 듯
휘몰아치는 성난 파도와
무서운 폭풍우가 장자산을 휘감는구나

그 옛날 순국의 일념으로
존귀한 목숨을 바친 위대한 민초여
조국을 사랑한 두 떨기 꽃이여
이름 모를 들꽃처럼 스러졌지만
그 어떤 화사한 장미보다
더욱 빛나는 아리따운 들꽃이어라
너무도 숭고하고 위대한 영혼이어라

조선 여인의 위대함이여
조국을 사랑한 두 영웅이여
그 옛날 식지 않는 분노가
집채만한 파도로 타오르는가

너무도 슬프디 슬픈 영혼들이여
아무도 찬탄하지 않고
그 누구도 알아주지 않지만
深谷에 피어난 두 떨기 들꽃은
가장 존귀한 향기를 흩는구나
가장 단아하고 기품 있는 맑은 향을
무엇으로 감히 비견하리오
이 민초의 위대한 조국애를

짓밟히고 또 짓밟혀도
조국을 향한 사랑은 더욱 강렬했으니
열사의 함성에 피어난 샤보텐처럼
사악한 왜적의 수괴를
여린 두 여인의 몸으로 꼬옥 껴안고
비장하게도 너무도 비장하게
저 깊은 바다로 투신했으니
그 장렬함에 悲淚를 금할 수 없구나

이름 모를 두 떨기 들꽃으로 스러졌지만
그대들의 지고한 조국 사랑은
아무리 억겁의 세월이 흘러도
저 변치 않는 북극성처럼 찬연하리니

이름 모를 두 떨기 들꽃이여
이제 그 활화산처럼 끓어오르는 분노를 접고
영원히 안식하소서 안식하소서

목놓아 통곡하는 그대들의 원혼을
이 한편의 시로 위로하노니
편안히 영면하소서 영면하소서

한 여름밤의 小曲

Ⅰ

땅거미가 소래없이 내려

아폴론의 車輪을 흩어버릴 제

석류빛 노을이여 그대는 정녕 밤의 전령인가

닉스*의 크막한 나래는

한낮의 思念을 바래 버리고

푸른 안식은 고요히 깃들어

晩鐘의 파문을 먹어버리네

요정의 화사한 웃음은

이젠 그 餘痕조차 잃어버리고

나이팅게일이 호올로 정적의 행진을 시샘했다

Ⅱ

어둠이 잉태한 공포를 망각의 샘으로 쫓고자

아르테미스가 고요히 그림 같은 닻을 올릴 제

*닉스(Nyx) : '밤의 여신' 이라는 뜻

별들은 어느새 정갈한 함성을 모두우고
밤의 향연은 한층 고조되었다
사이렌의 유혹 이린 눈망울도 이젠 스러지고
오르페우스의 비애가 天公에 서리었다
森羅는 永劫의 침묵 아래 잠들고
초록의 숨결도 한낮의 신기루인가

헤르메스의 지팡이가 精靈의 黙禱를 연주하고
이름 모를 호젓함이 心肝에 반향 되네

순백을 담은 銀河는 일렁이고
삽상한 에올스*의 선율은 허공을 가르네

뜨락에 피어난 봉선화는 결백의 향취 그윽하고
月光을 찬단하는 디기탈리스는
쥬노의 분노를 아로새겼다

*에올스 : 그리스 신화에 나오는 바람의 신

Ⅲ
瑛露에 어리어진 장미빛 꿈이 아리잠직하고
암흑의 찬가를 영원히 싫어하여
찰나에 내뿜은 외줄기 탄가는
에오스의 눈물을 반추하고
無形의 파문을 여명에 흩네

계백장군

대의는 장렬하고 기개는 백옥인가
순백은 서리었네 만고의 연륜 위에
백제의 혼이 되시니 황산벌도 울었다네

충렬의 굳은 일념 死魔도 겁을 먹네
청아한 임의 자태 千秋에 반향 되고
慄烈한 청사의 선율이 心肝을 저미네

진루는 慘淡하여 낙루한 지국천왕
찬연한 왕업의 꿈 朝露로 흩날리고
寂寥한 摧敗零落에 임의 혼도 憤悱토다

심곡深谷에서 홀로 핀 참나리 꽃

심곡에서 홀로 피었노라

누가 보아도 보지 않아도 홀로 피었노라

짙은 여름의 초록을 시샘했는가

빛나는 황자색 고운 자태여

아니 별빛처럼 찬섬한 그대의 청초함이여

청순한 소녀의 체취 같은

그윽하고 은은한 향기 신비롭게 흩으며

온화하고 귀여운 미소를 흩뿌리매

내 붉은 심장을 고동치게 하지만

모든 선홍빛 유혹을 거부한

가장 고혹적이고 고혹적인 그대여

고결하고 존엄한 성스러운 그대여

별은 노량에서 지다
- 이순신 장군

내 영혼과 생명을 바쳐
노량의 바다를 피로 물들이리라

조국을 지키기 위해
만백성의 한을 가슴에 품고
적의 피로 바다를 물들이리라

오직 조국을 지키고자
그의 영혼을 그의 생명을
노량의 바다에 바쳤노라
조국을 구하겠다는 붉은 일념으로
그가 그토록 사랑했던 조국을 위해
그가 그토록 사랑했던 백성을 위해
숭고한 생명을 바쳤노라

노량의 바다는 울었노라
그 위대한 슬픔을 이기지 못해

노량의 바다는 울었노라
그 숭고한 선혈의 충정에 감읍하여

내 흘리는 피 한 방울 한 방울
조국의 수호신이 되어
다시금 그 흉악한 왜적이
이 땅을 넘보지 못하게 하리라

그의 가슴에 흐르는 피보다
그의 눈에 흐르는 피가 더 붉었노라
동백꽃보다 더 붉었노라
내 영혼은 죽어서도
왜적을 쳐부수리라

노량의 바다를 붉게 물들이리라
왜적의 피로 붉게 물들이리라
이 조선 백성의 한을 풀리라

왜적의 피로 붉은 바다에
내 피로 더욱 붉게 하리라

사랑하는 조국의 백성이여
내 그대들을 위해 목숨을 바치리라
노량의 붉은 바다여
저녁노을은 더욱 붉게 타들고
내 못다한 조국에 대한 충정을
죽어서도 내 영혼이 다하리라

내 사랑하는 부하여
내 사랑하는 백성이여
그대들의 한을 모두 모아서
내 목숨을 그 제단에 바치리라

조국의 영원한 평화와
만백성의 행복을 기원하며

내 기꺼이 노량에서 뼈를 묻으리라
내 이 바다의 수호신이 되리라
노을로 붉게 타는 하늘이여
피로 붉게 물든 바다여
내 충정으로 가득한 선혈을 받아주오
사랑하는 부하여 백성이여
안녕 영원히 안녕

내 죽어서 그들의 한을 안고 가리라
내 죽어서 영겁의 미래까지
이 바다를 수호하리라

오로지 정의와 진실, 충성으로 충만한
그 영혼은 지고하고 지순했다
그는 너무도 위대하고 숭고했다

정녕 이토록 순수한 영웅이 있었는가

이토록 위대하고 성스로운 영웅이 있었는가
필생즉사, 필사즉생 !
ㄱ의 숭고한 외침이
지금도 남해바다를 호령하고 있나니

포세이돈에 버금가는 불멸의 神雄이여
고이 잠드소서 고이 잠드소서

독도

억겁의 풍상을 머금은 형제 섬이여
조국의 미래와 희망이
포효하는 고독한 파수꾼이리니
조국의 명운과 민족의 자긍심이
교차하는 아리따운 섬이여

비상하는 괭이갈매기 떼와
이름 모를 들꽃만이
그 깊은 고독을 달래주는
무거운 침묵과 잿빛 비애의 고도여

하지만 대한의 미래를 밝히는 등불
그토록 조국을 사랑했던
영령들의 거룩한 안식처이리니
장미빛 영광과 암울한 오욕의 분수령에서
위대한 승리의 행운은
애국심의 聖火가 얼마나 강렬하게

진홍빛으로 타오르는 가에 있다

이 고도를 너무도 사랑하여
일출과 일몰 야생화
그 아리따운 순간을 사진에 담아
태고의 신비를 알리는 이도 있고
동도와 서도 그 지도를 제작하여
우리의 영토임을 만천하에 고하고
민족의 자긍심을 고양하는 숨은 일꾼도 있다

울릉도를 기점으로 하여
분쟁을 야기한 매국노도 있고
독도는 한국 고유의 영토라고
내심 인정하는 양심적인 일본인도 있다
생명의 오지에서 우러나오는
진정한 애국심은 과연 어디 있는가
대한의 미래와 희망이 여기 있노라

영광과 오욕이 여기 있노라
충무공의 후예들이여 분기하라

비정과 탐욕의 광풍이 불어도
불퇴전의 의지로 견디며
살이 에이고 뼈가 갈라져도
오직 무거운 忍苦의 침묵
속으로 흘린 피눈물이
어찌 동해에 가득하지 않으리오

이젠 그 침묵을 토해내리라
독도는 대한의 영토임이
영원불변의 진리라고
오직 진정한 애국심만이 지키리라고

조국의 영혼 독도여 영원하라
조국의 영혼 독도여 영원하라

제 3 부
단풍잎의 비가

산하山河의 미소

年光은 娟娟하고 雲煙은 신비해라
江上에 어린수심 疊山에 나부낄 제
어드메 살바람인가 落華소래 맴도네

絕谷은 포효하고 창민은 유유해라
靑笑를 어디 두고 凋落이 웬 말이뇨
어느새 무서리 소식 가을밤도 깊었네

白雪은 깃을 털고 江河도 잠들었네
순백이 응어리져 탁란을 나루라네
永劫의 침묵이 서려 고고하신 그 자태

그리운 어머니

저 천공天空의 끝이 없듯이
어머님의 자애는 끝이 없어라

내 영혼의 파수꾼이었고
내 지혜의 스승이었으며
고귀한 희생과 생명을 다한 헌신

언제나 근엄하고 자애로웠으며
잿빛 고뇌에서도 의연하였고
투병과 번뇌의 화염 속에서
애오라지 자식의 미래를 걱정했던
어떤 성인보다 숭고했던 일생이었네

가을비는 내리고 병은 깊어가고
비애와 회한은 하늘에 이르렀지만
초열지옥의 불길과 같은 번뇌
도려내는 듯한 아비지옥의 통증

어린 아들을 두고 가야 하는 피눈물
너무도 비장한 비애여

하지만 화안한 부용의 미소
忍苦와 恨을 가슴에 묻으며
별빛과 꿈을 노래하며
내 영혼에 아름다운 자양분을 주고
희생과 헌신의 지고한 가치를
감동적으로 내 가슴에 심었던
위대하고 숭고한 어머니

불후의 지고한 母性
당신을 너무도 그리워합니다
이젠 모든 번뇌와 비애의 속박에서 벗어나
평화롭게 안식하소서 안식하소서

갈숲의 어스름

수르르 삽상한 강바람이
영글어가는 갈대의 밀어를 두드리고
사양은 한낮의 명예로운 군림을
비취빛 파랑 위에 곱다랗게 우밀 제
장엄한 하루의 창이 은은히 닫혀진다

밀려오는 어둠이 밤을 잉태하기 전에
안식의 빛을 찾아 서성대는
후조들의 순수한 비상이
내 동공에 시의 영감을 불어넣나니

그들은 이방의 포도빛 정회를
화사한 장미로 뼈물며
에메랄드빛 망향의 회포를 달래고
순백의 꿈을 살며시 풀어헤쳐
밤의 정적 속에 빛나게 할레라

보드레한 구름은 태양을 연모하여
진홍의 촉수를 빌려왔나니
어설프게 신비의 색깔을 모방하매
天空은 루비의 기도로 불타도다

어여머리마냥 우아하게 내리는 어스름은
면연한 태양의 여운을 추방하며
정중히 고독의 전설을 흩뿌린다
이어 괴괴한 정적 속에 美方하여
해쓱한 미소를 흩는 달빛은
아기작거리는 잎새 위에 잠들은
염원의 진주알을 고요히 조명하고
밤의 청순한 향연을 꽃 피운다

이젠 풀벌레의 애젖한 아우성도
호젓한 밤의 품에 융해되매
삼라는 고독의 촛불을 켜들고

久遠이래 퇴적된 전설을 세탁하느니
목이 쉬어버린 가람의 노래여
절개를 잃어버린 갈대의 꿈이여

고르디우스의 매듭같은 이 비애를
희망의 황금칼로 베어 버리고
무구한 상아의 빛으로 단장된
영원의 동산에 무지개를 심그소서

단풍잎의 비가

마지막 정열을 불사르는 죽음의 불꽃이여
그대는 작열하는 極光보다 찬연하구나
마지막 생명을 불사르는 죽음의 불꽃이여
그대는 타오르는 聖火보다 강렬하구나
오! 아리따운 진홍의 마술사여

애틋한 석별의 정감이 응어리져
이리도 붉은 울음을 꽃 피웠으매
저무는 가을을 보내기 싫은가 보다
오! 아리따운 진홍의 마술사여

간밤 보석처럼 빛나는 별님
이 별님을 이리도 간절히 동경하여
至純한 별꽃으로 피어남인가
오! 아리따운 진홍의 마술사여

그대는 죽음을 예찬한 위대한 시인인가

죽음의 강렬한 군무를 홍학처럼 접으며
그대를 살찌운 뿌리의 은혜를 갚고자
바닥에 한 잎 두 잎 붉은 양탄자를 짜고
하루의 마감을 서러워하는 노을처럼
이젠 가을의 마감을 서러워하며
가을의 노을로 붉게 피었나니

이젠 그대가 슬프게 스러지면
조종도 조곡도 없는 쓸쓸한 임종이어라
영겁의 침묵, 깊은 잠이어라
하지만 선녀의 질투, 무서리만이
자장가처럼 그대의 깊은 잠을 두드리고
하이얀 백설이 그대에 꿈처럼 스미리니
가을의 소중한 추억과 회한을 잊지 말고
윤회의 섭리가 다시금 그대의 혼을 두드릴 제는
그대여 다시금 화안한 미소를 꽃 피우소서
그 옛날 슬픈 영광으로 다시금 부활하소서

아리따운 진홍의 단풍잎이여
그대가 타종하는 비애의 여음만으로도
내 시혼에 강렬히 파문을 일으키니
어찌하리요
가눌 길 없이 샘솟는 슬픈 영탄의 선혈을

오! 흩어지는 별꽃 진홍의 비애여
내 흩뿌리는 선혈의 시혼을
그대의 양탄자 위에 소중히 담아
고운 무늬의 애틋한 수를 놓으소서

만추晩秋의 비가悲歌

Ⅰ

가이아*의 화사한 합창은
허공에 흩어지고
단청의 여운을 주워대는
야산의 장미빛 꿈은 타들어
凋落의 시름을 짓누른다
지고의 인내가 응어리진
그 풍요의 둔덕 위에는
데메테르*의 비애가 가쁘게 나부끼고
아쉬움에 흔드는 손짓이 있다

Ⅱ

한 줌의 쬐그마한 꿈을 불살라 버린
시든 꽃잎의 탄성에는

---

*가이아 : 땅의 여신. 만물의 어머니로서의 땅을 인격화 함.
*데메테르 : 곡물 또는 대지의 여신. 인류에게 최대의 은혜를 베푼다고 하여 올림포스의
　　　　　신들 중 특히 숭배 됨.

영원을 향해 쏟은

니오베*의 눈물이 있다

초록의 꿈이 바래진

월계수 그 너머로

다프네*의 꿈이 한 가닥 맺히고 있다

사르비아의 고요한 기도 위에는

잃어버린 전설이 아느작거리며

어느새 서리고 있다

잿빛을 향한 발돋움은

무언의 항변을 휘젓고

아테네가 짜낸

가을의 자락에는

이름 모를 회한이

깃들고 있다

---

*니오베 : 그리스신화에 나오는 여성(테베의 왕 암피온의 아내). 인간의 교만에 대한 신의
　　　　 벌로써 돌이 된 여인.
*다프네 : 신화에 나오는 아름다운 님프.

오로지 시시포스*의 아픔은
내 생명의 뜨락을 거닐고
내 혼백의 강을 가른다

Ⅲ
그것은 정작
설익은 행진을 깨뜨리기 위한
未聞의 시도인가?
그것은 정작
백설을 동경한 여느 소녀의
스러질 수 없는 외줄기 꿈인가?
아니 균열을 주워 모으는
석류의 애틋하고 처연한 집념이리라

윤회의 의상을 걸친 계절

그건 영원을 끌어내는 찬란한 빛
時空의 물을 길어내는 신비의 샘

생명의 거룩한 무덤을
탄생의 석류빛 영광으로 바꾸고
자연의 순수한 빛을 제련하여
無形의 신비 속에 살며시 감금할레라

원을 맴도는 태양의 기도로
순환은 시지포스의 노역처럼 반복되고
번성과 쇠잔의 두 언덕을
낮과 밤처럼 왕래하매
無常의 자욱을 남겨 슬픔을 단장한다

윤회는 계절의 위대한 스승
진홍의 명상을 단려하게 머금던 가을은
그 칠보로 치장된 玉座로서

발가벗은 겨울의 수치를 덮어준다

바래버린 계절의 훈감한 꿈이
시들어버린 계절의 오롯한 전설이
불사의한 기적의 나래를 타고
죽음의 잿빛 재촉을 차로하여
소생의 화사한 영광을 꽃피우나니

허무의 겨울이 찬연한 봄을 잉태하매
섭리의 심연이 이리도 오묘할런가
경외와 영탄의 빛을 흩뿌리고
페허의 회한을 황홀에 멱 감기느니

소삽한 비정의 침묵을 깨뜨리고
소생의 순아한 희열을 수놓는
숭고한 전능의 빛 이름하여 윤회리니

다보탑

청운교 백운교 너머 석가탑 곁에
빛나는 보석처럼 찬연한 꿈의 결정체 있으니
법회의 진실을 증명한 다보여래탑

十信을 상징하는 열개의 계단
진실을 사자후하는 사자상
생명을 상징하는 연꽃받침

우아한 곡선으로 상징되는 외형적 미학보다는
우주 불변의 진리와
영원한 생명의 실상을 노래한
내면의 숭고한 아름다움은
무엇과도 비할 수 없는 미증유의 예술품이리니
불변의 불멸의 진리를
보석 같은 지혜로 노래한
무상의 존귀한 가치를 내포한 탑이어라

미리내에 가득한 금강석으로도
한 생명의 가치에 견줄 수 없음을
이 신비의 탑은 오묘하게 노래하고 있나니
諸法實相의 실체적 본질을 노래하고 있나니

탁악에 물든 생명의 정화와
위대한 불성을 연꽃받침으로 표현하고 있나니
신라 금관의 비취빛 곡옥처럼
신라 천년의 모든 것이 응축되어 있나니
신라 문화의 위대한 금자탑이
어찌 아니리오

가까운 눈썹을 볼 수 없듯이
어찌 마음속 불성을 볼 수 있겠는가
외로운 사자는 절규하고 있나니
이 탑 자체가 바로 생명과 불성
그 영원불멸함을 노래하나니

모든 진리의 핵심을 응축한
불사의한 신묘한 보탑이어라

그 불멸의 위대함이여
그 불가해한 신비함이여
자애로운 우아함으로 미소 짓고 있나니
내 생명의 보탑이여

'다보탑' 시작노트

얼마 전에 다보탑을 보수한다는 기사를 본적이 있다.

경주 불국사에 가보면 청운교, 백운교 너머에 석가탑과 다보탑이 있다. 석가탑은 그림자가 비치지 않아 무영탑으로 유명한 슬픈 전설이 있고 직선적이며 남성적인 탑이다. 반면에 다보탑은 여성적이며 우아한 곡선미를 나타내고 연꽃모양의 받침대를 조각한 모습을 볼 때 돌을 자유자재로 조각한 석공의 뛰어난 기술을 보고 진정 신라문화의 위대함마저 느끼게 한다.

세계적으로 석가탑과 다보탑이 나란히 마주보고 있는 것은 불국사가 유일하다고 한다. 우리 신라문화의 우월함은 한국인으로서 큰 자긍심을 느끼게 한다. 외면적으로 보아 탑의 우수성은 아무리 찬탄해도 지나치지 않다. 하지만 내면적으로 볼 때 이는 신라불교의 위대함과 대승불교의 백미인 묘법연화경을 이미 잘 이해하고 신라인들의 의식 수준이 아주 뛰어난 것으로 알 수 있다.

이는 석가여래가 대승경전 중 최고봉인 묘법연화경을 설할 때 다보여래가 석가의 설법이 진실이라는 것을 증명하면서 찬탄한 것이다.

석가탑은 진리를 의미하며 다보탑은 진리를 깨닫는 지혜를 의미한다. 궁극적으로 우리 개개인의 생명 자체가 이런 진리와 지혜를 머금고 있다는 것을 상징하고 있다.

모든 위대한 진리와 지혜도 각 개인의 마음속에 내재하고 있으며 가장 존엄한 가치를 갖고 있는 인격, 다시 말하면 부처도 자신의 마음과 생명 속에 내재하고 있으며 행복은 외부에서 구할 수 있는 것이 아니고 자기 자신 속에서 찾아야 하는 것이다.

자신의 인간 변혁으로 스스로 존귀한 부처가 될 수 있으며 깨달은 진리로 많은 사람의 인격을 고양시킬 수 있으며 개개인이 갖고 있는 위대한 능력을 개발시켜 인간의 존엄성을 극내화 하겠다는 것이 법화경의 취지인 것이다.

개개인 생명의 존엄성이야 말로 우주에 가득찬 보석으로도 견줄 수 없다는 것이 다보탑이 표현하는 진정한 의미다. 법화경에 칠보탑(금, 은, 유리, 자거, 마노, 진주, 매괴)이라고 설한 것은 생명의 존엄과 가치의 고귀함을 비유적으로 상징하는 것이며 다보탑은 생명의 보탑으로써 인간뿐만 아니라 삼라만상의 모든 동·식물까지 위대한 佛性을 갖고 있다는 것을 상징적으로 의미하고 생명 존엄을 만천하에 알리고자 한 것이다.

석가탑과 다보탑의 의미는 요약하면 모든 생명이 갖고 있는 고귀하고 존엄한 가치를 상징하며 그 가치는 그 무엇과도 바꿀 수 없고 견줄 수 없는 절대적인 가치이며 진리 자체이고 지혜라고 말할 수 있는 것이다.

다시 경주 불국사를 가거든 외면의 우수한 가치도 보겠지만 내면의 본질적인 가치를 볼 수 있다면 생명의 불가사의한 존엄을 깨닫게 될 것이다.

더욱 발전된 관점에서 본다면 내 마음 속의 다보탑을 보게 될 것이다.

사랑하는 경남고여,
경고인이여 영원하라

타오르는 희망의 무지개와

장미빛 꿈을 노래하던 구덕산 기슭

그 영광된 루비빛 미래를 위해

불변의 영원한 진리를 탐구하고

강철 같은 불굴의 의지를 꽃 피우며

뜨거운 피로 청춘을 찬미하던 교정

無上의 드높던 이상과

삶의 철학적 의미를 반추하였으며

찬란한 옥이 되기 위해 절차탁마하던 이 곳

봄비를 맞으며 꽃망울을 여는 홍매화

눈처럼 하이얗게 내리던 만개한 벚꽃

圓融의 哲理를 간직한 원형교사

솟구치는 열정은 태양처럼 뜨거웠고

야구와 공부는 우리의 자존심이었으며

희망찬 미래는 샛별처럼 찬섬했네

솔구와 때로는 월장했던 추억

자홍빛 진달래와 선홍빛 단풍은
우리의 꿈과 열정을 고양시켰고
뜨거운 피로 뭉치게 했으니
우리의 영혼은 가없이 해맑았고
비상하던 이상은 진정 숭고했노라

예서 온갖 위대한 인물이 배출되었고
명문 중의 명문으로 자리매김 하였으며
우리의 명예와 자긍심은 드높았네
젊음의 추억이 가득한 교정은
우리 영혼의 고향이었으며
삶의 아름다운 이정표였네

자랑스런 英明한 후학들이여
조국을 빛내는 위대한 영웅이 되어
金剛不壞의 금자탑, 경남고를 만드소서
존경하고 사랑하는 동문들이여

불멸의 찬연한 옥이 되소서
용마의 기상 영원하소서

龍馬像

동주인이여, 동주대학이여

세리골의 떠오르는 찬연한 태양
동주인이여 동주대학이여

진리에 대한 지순한 열정과
향학의 계단을 오르는 지고한 勞苦(無汗不成)에 의해
진리 정의 창의의 정제된
불멸의 장미빛 찬연한 루비를
그대들의 해맑고 아리잠직한 영혼에 조각하리니

동주의 아리따운 뜨락
나르키소스를 동경했던 에코오의 비애가
지금도 들리는 듯한 생명의 숲을 뒤로 하고
비너스처럼 감미로운 곡선을 머금은 체육관과
학문의 香薰이 쟈스민처럼 번지는 뜨락에서
플라톤의 이상과 학문의 자유가 넘치며
황금독수리와 용맹과 하이얀 목련의 순백이
고귀한 忍冬의 쌍무지개를 이루고

그 옛날 이브가 노닐던 꿈과 같은 낙원에서
우리 인생의 봄을 노래하고 꽃피우리니
후일 인생의 황금사과를 언기 위함이리라

우리 동주의 장미빛 뜨락에서
지고함과 지순함과 정의로움을 꽃피우며
홍련빛 미래를 화사하게 꿈꾸리라
범천은 하늘북 치며 목련꽃을 비처럼 내려
우리 동주인의 빛나는 미래를 축복하고
동주와 동주인의 영광을 찬탄하리라

진리의 전단향기가 은은히 흐르는 강의실
동주인의 꿈이 알알이 맺혀있는 누각
청춘의 열정과 미래의 꿈이 불타오르는 동주뜨락
그 순백의 영혼들이 眞如의 금자탑을 쌓는
불멸의 불후의 시들지 않는 낙원이리라

그들의 눈망울은 시리우스처럼 빛나고
그들의 영혼은 에메랄드처럼 해맑아라
불타오르는 향학열 선홍빛으로 빛나고
그 뭉쳐진 긍지와 동경 애교심은
정작 한 떨기 설중매와 같아라

예서, 이 전설의 느티나무 숲에서
시각과 청각을 초월한 실낙원과 운명교향곡이 있고
불가능을 향해 도전한 영웅의 불굴혼이 있고
모나리자의 신비하고 잔잔한 미소와
갈릴레오의 진리를 향한 절규가 있다

동주인의 아리따운 노고의 땀방울이
진리 정의 창의라는 동주의 大河를 이루어
오대양 깊숙이 흘러 동주의 꿈을 흩뿌리고
사이렌과 네레우스에게 지순한 시를 속삭이며
포세이돈에게 동주의 자긍심과 생명을 전하리라

그래도 못다한 말이 있어
동주인의 진리에 대한 순백의 열정을
베가성 곁에 빛나는 데네브에 시켜
우주공간을 날라 제석천에게 전하리라

또한 영원히, 永劫의 미래 영원히
동주의 혼과 생명이 황금독수리로 변모되어
미래의 신에게 진리, 정의, 창의라는
불멸의 메시지를 전하리라

동주인이여 위대한 동주인이여
학문의 향훈이 쟈스민처럼 번지는 뜨락에서
인생의 봄을 노래하고 찬미하자
청춘의 여신 헤베가 건네는 넥타르를 마시고
오오로라빛 미래를 화사하게 꿈꾸자

시방 동주의 그 장미빛 꿈과 보랏빛 동경이

훗날 추억으로 반추되고
더 머언 훗날
우리의 英明한 후학들에게
달빛처럼 은은한 전설과 신화로 변모될 제
그들의 영혼은 무지개빛 시로 채색되리라

오 동주인이여 동주 대학이여
슬프도록 아리따운 희망과
지혜보다 향기로운 노고로
잿빛 시련과 장엄한 절망의 봉우리를 넘어
그대를 미래의 새벽을 화안하게 열리니
오직 신의 가호가 그리메처럼 따르고
별빛 축복과 붉은 환희만 있을진저 있을진저

오 동주인이여 동주 대학이여
원컨대 오색 찬연한 영광으로 영원하소서
미래, 영겁의 미래까지 영원 영원하소서

영혼의 친구여

- 화랑 초등학교 40주년 Homecoming Day에
그리운 교정에서

피를 나누지는 않았지만

영혼을 나눈 친구

사십성상 긴 것 같지만

돌이켜보면 어제와 같은 순간이구나

우리 그리운 교정에서

동심의 추억을 반추하며

시방 꿈결 같은 우정을 꽃 피우리니

교정의 은행나무는 이미 거목으로 자라

우리를 반가이 맞이하고

사십성상 忍苦의 침묵으로 묵묵히 버텨온 校숨는

우리처럼 늙수그레한 장년이 되었구나

교정의 흙 한 줌 풀 한 포기마저

이토록 눈시울을 붉게 만드는구나

인생은 흐르고 삶은 각박하지만

우리에게 이런 고귀한 추억의 장이 있구나
정녕 무엇과도 바꿀 수 없는
소중한 동심의 聖地이리니

사랑스런 친구들이여
인생은 강물처럼 흐르고
육신은 결코 회귀할 수 없지만
추억은 진주처럼 아름답고
동심은 수정처럼 순수한 것

피를 나누지는 않았지만
영혼을 나눈 친구여
우리 순수한 동심의 대지 위에
불멸의 우애를 꽃 피우자

친구여 육신은 늙어가고
삶은 무척 고달파도

우리의 순수한 우정은 영원한 것
절망과 번뇌의 어둠을 밝히는 등불이리니
우리 피보다 진한 영혼의 결속으로
미리내의 별들처럼 영원히 빛을 내자

제 4 부

신태양 그리고
그의 가족에게

사랑 · 1

사랑은 무지개빛 동경이며

옅은 보랏빛 그리움일레

불변의 至純한 흠모이며

수정과 같이 해맑은 영혼의 노래일레

진리의 향기 가득하며

견디기 어려운 인내와 포용의 이명일레

달빛을 동경하는 달맞이꽃이며

잿빛 고통과 비애를 함께 하며

신명을 바쳐도 전혀 아깝지 않으며

고귀한 희생마저도 무상의 큰 기쁨일레

선량함과 아름다움의 극치이며

존경과 순종으로 가득하며

가없는 利他心과 布施

그리고 간절히 기도하는 마음이리라

선홍빛 진심과 온화한 배려

숭고한 의로움의 빛으로 찬연하리라

결코 영원히 시들지 않는 인자한 홍련이리라

사랑 · 2

천진한 동자 하나가
꽃 속으로 걸어 들어간다

사랑은 무지개빛 동경 혹은
옅은 보랏빛 그리움

사랑 · 3

모든 만물이 다 집으로 돌아가고
그 집마저 흰 눈에 묻혀 잠든
겨울날

얼음장 밑에는 물이 흐른다

사랑은 그치지 않는
불변의 지순至純한 흠모,
수정과 같이 해맑은 영혼의 노래

사랑 · 4

40대 남자가
썰물에 휩쓸린 여섯 아이를 살리고
기진하여 결국 자신은 죽었다

사랑은 잿빛 고통과 비애를 함께 하며
신명을 바쳐도 전혀 아깝지 않으며
고귀한 희생마저도 무상의 큰 기쁨이 됨을
너무 늦게야 깨닫는다

사랑 · 5

무릎을 꿇을 줄 아는 사람은 아름답다
손을 모을 줄 아는 사람은 아름답다

사랑은
선량함과 아름다움의 극치,
존경과 순종으로 가득하며
가없는 이타심利他心과 보시布施
그리고 간절히 기도하는 마음이다

사랑 · 6

법당에 다소곳 앉은 여승女僧
오체투지로 연신 하늘 향해
두 손 드는 아낙
먼 바다 향해 울고 있는 목어 울음

사랑은 어디론가 가 닿는
빛이거나 꽃,
선홍빛 진심과 온화한 배려
숭고한 의로움의 빛,
결코 영원히 시들지 않는 인자한 홍련

사랑 · 7

한 떼의 여학생들이 교문 밖으로 왁자하게
쏟아져 나오고 있다

어디선가 훅 끼치는
진리의 향기여

백설白雪의 찬가讚歌

I
여기 世間의 濁惡을 혐오한
순백의 希願이 응어리져
시방 호젓한 나래를 털다

청아를 渴仰한 久遠의 黙禱가
계절의 고독을 달래고 있다
凋落의 상흔을 바래버리고
봄 동산의 잃어버린 밀어를
반추하고자
소녀의 아리잠직한 동경이
하이얀 龜裂을 토하다

II
그것은 혼미의 사계를 가르는
무사이*의 정교한 선율인가?
그것은 테메테르*의 슬픔을 사랑한

공허한 울림인가?
그것은 목로의 안식을 구하는
無宿者의 타달거리는 발걸음인가?

Ⅲ

生滅滅已 寂滅爲樂*
그 雪山의 여운이 지금껏 완연하고
소열제의 삼고초려는
매화의 芳香에 조요된
白雪의 정취로 찬연했다네
은세계의 전설이
시방 소복이 깃들고
영원을 향한 기도가
無形의 파문을 十方에 흩네

---

*무사이 : 반항을 상징.
*테메테르 : 열매를 맺지 않음.
*生滅滅已 寂滅爲樂 : 생명의 신비를 간직한 이 구절을 듣기 위해 雪山동자는 나찰에게
　　　　　　목숨을 던졌다고 함.(열반경)

초겨울에 핀 개나리

봄을 향한 노오란 그리움인가
아니 귀여운 건망증인가
초겨울의 추위를 살포시 머금고
여린 설레임으로 파르르 떨고 있구나
아니 가녀린 원혼의 통절한 절규인가
한과 비애로 애틋하게 하늘거리네
정작 봄과 희망을 향한 그대의 기도이리니
너무도 슬프디 슬픈 전설의 꽃이여
그대 가장 한국적인 悲淚의 꽃이여

신태양 그리고 그의 가족에게

새천년을 향해 웅비하는
아폴론의 황금마차여
그대는 미래의 영광을 위해–
찬연한 빛을 발하리라
그 불타는 황금색으로 영원의 지평을 열 제

이 시린 겨울을 이겨내던 우리 신태양의 가족들이
그토록 몹시도 그리워하던
저 피안의 봄을 맞이하리니

강철같은 오늘의 시련은
장미빛 꿈으로 단장된 내일의 영광을 맺는 꽃망
울이리니
광활한 전쟁터
하지만 무한한 가능성의 보고
승리만이 신태양의 대명사요, 신태양의 始終이
어라

불타는 투혼을 가진 신태양의 가족이여
숱한 돌 중에 정직한 여의주가 되고
숱한 꽃 중에 청정한 연꽃이 되고
숱한 별 중에 찬연한 태양이 되라

정작 청렴하고 소중한 인간이 되라

불타는 투혼을 가진 신태양의 가족이여
회사가 그대들에게 무엇을 해줄 것인가를 생각지
말고
그대들이 이 신태양을 위해 무엇을 할 것인가를
생각하라
그대들이 이 신태양의 주인이고 신태양 그 자체
이니
모든 영광은 그대들의 것, 모든 승리도 그대들의
것

일당백의 기백을 가진 사자여
그대들은 신태양의 횃불을 든 선택된 주자이리
어둠의 온누리에 신태양의 불을 밝혀나가라

외면은 여자 내면은 남자
그대들은 신태양의 아람 찬 열매를 맺는 꽃망울
피빛 정열의 용광로가 순간이라도 쉬어서는 안
되리라

무사안일과 패배는 신태양의 영원한 적
땀과 노력을 불태우는 순간순간이 삶의 보람이요
아리따운 즐거움이리라
겨울이 깊으면 곧 봄이 오리니
우리 모두 저 피안의 봄을 향하여
죽어도 같이 죽고 살아도 같이 살며
강철 같은 서릿발, 이 깊은 겨울을 견디자

제 5 부
아폴론과 다프네

묘법연화경 妙法蓮華經

I
무지개 빛깔 어리어 진
한 가닥 아릿거리는 꿈결이
완전의 뜨락으로
치닫기 위한
기라성 같은
道程의 조각들

II
히드라*를 닮은
숙명의 발걸음은
하데스*의 모자를
깊이 쓰고는
비애의 계곡으로

*히드라 : 머리가 수도 없이 달린 물뱀 괴물. 하나의 목이 잘리면 그 자리에 두 개의 목
　　　　이 새로 자라남.
*하데스 : 사자(死者)나라의 지배자인 동시에 지하의 부(富)를 인간에게 가져다준다는 명
　　　　계의 신.

훌근번쩍 이끌어갔다

그 계곡에는
보레아스*의 분노가
내 숨결에 스미고
처연한 비탄의 수렁이 일렁이며
잠자던 번뇌가 꿈틀거렸다

클로도*가 휘젓던 운명의 베틀에는
希願*의 올실은 흩어져 가고
순백의 함성은 사위어 가고
아픔의 자락이 나부끼었다

지혜의 샘은 메말라 버리고
迷宮의 방황이 끝나는 벼랑에는

---

*보레아스 : 거친 북풍을 의인화한 북풍의 신.
*클로도 : 생명의 실을 뽑는 신.
*希願 : 희망을 의미.

프로크루스테스의 침대*를 닮은 저주가
시쁜 듯 그 크막한 입을 벌리고 있다

Ⅲ

티폰*의 비명이
천공에 반향 되고
임종의 一念이
가쁘게 파닥이느니
생명의 가냘픈 추는
無間*과 紅蓮*을 오고 갈 제
저 너머 法華의 안식이 날리다
보석처럼 빛나는 피안*의 두레박이
단지 기다리고 있었노라

＊침대 : 프로크루스케스=불한당. 융통성이 없거나 자기가 세운 일방적인 기준에 다른 사
        람들의 생각을 억지로 맞추려는 아집과 편견을 비유하는 관용구.
＊티폰 : 신화에 나오는 반인반수(半人半獸)의 거대한 괴물.
＊無間 : 무간지옥. 불교에서 말하는 필열지옥(八熱地獄)의 하나. 사바세계(娑婆世界) 아래,
        2만 유순(由旬)되는 곳에 있고 몹시 괴롭다는 지옥.
＊紅蓮 : 발특마. 팔한 지옥의 하나.심한 추위로 몸이 얼어 터져 연꽃처럼 된다는 지옥.
＊피안 : 진리를 깨닫고 도달할 수 있는 이상적 경지를 나타내는 말. 일상적인 세속(世俗)
        으로부터 초월한다는 뜻.

환희의 샘물에
한껏 취하니
諸天*의 가무가 울려 퍼지고
만타라화*가 비처럼 흩날릴 제
인내할 수 없는 희열이 용솟음치네

번뇌의 장작이 많으면
보리의 불꽃은 더욱 크고
생사의 고통이 극심할수록
열반의 희열은 더욱 증장하리니
태양처럼 찬연한 法華의 위대함이여
영원히 시들지 않는 진리의 꽃이여

---

*제천(諸天) : 제천선신(諸天善神), 제천과 선신을 아울러 이르는 말로 불법을 지키고 행복
　　　　　을 가져다준다는 신들.
*만타라화 : 색이 아리땁고 향기가 좋으며 이를 보는 사람의 마음을 즐겁게 한다는 천상
　　　　　계(天上界)의 꽃.

아폴론과 다프네

공포의 멍에를 검은 장막처럼 드리웠던
흉험한 배암 퓌론에게 屍衣를 입힌
빛의 신 아폴론은 황홀한 승리의
장미빛 영광에 그득히 도취되어
한 떨기 초롱꽃같이 아리잠직하고
은빛 나래를 욱욱히 반짝이며
사랑의 즙을 뿌리는 에로스에게
자만의 어휘를 심악하게 생기도다
"야, 이 서낙하고 여린 꽃망울*이여
그처럼 빈약한 무기로 무엇을 하랴
나는 밀알져 흐르는 포실한 대지 위에
독의 몸뚱아리를 흉흉하게 드리운
굽은 가람같은 배암을 사살했노니
너는 설익은 사랑의 어릿광대일지언정
忍苦와 至高의 섬돌을 오르지 못하고
용기와 승리의 가람을 건너지 못하리

＊꽃망울 : 에로스를 상징

신성한 살촉에 고사리같은 손을
소사스럽게 댄다면 조소를 면치 못하리”
에로스는 긍지의 황금빛이 퇴색되고
분노의 용암이 폐부를 밀어 올리매
“거오에 마취된 당신의 살촉이
죄다. 절묘하게 명중시킬지언정
내 겸허하고 가냘픈 살촉은
思念의 밑바닥 요요한 모롱이까지
매양 오이를 베듯 수월하게 꿰뚫노니
당신 심령의 정곡을 맞히리라”
그는 아아한 파르나소스산의 멧부리로
진노한 돌풍처럼 화급히 내달아
전통에서 신묘한 두 개의 살촉을
달빛을 잡듯 살포시 끄집어 내었는데
하나는 사랑의 심지에 불꽃을 씌우는
첨탑처럼 예리한 황금살촉이었고
다른 것은 사랑의 화염을 잠들게 하는

녹슨 칼처럼 무딘 납의 살촉이었네
황국의 수줍음을 머금은 황금살촉은
사파이어의 꿈이 서식하는 허공을
장쾌한 여음도 없이 우아하게 가르며
아폴론의 心肝을 정통으로 꿰뚫었네
마귀의 흉증스런 미소같은 납의 살촉은
河神의 아리따운 따님, 한 떨기 배꽃
다프네의 순아한 폐부를 찔렀네
화살은 기이한 마술을 연주하여
타오르는* 불과 유연한* 물로 대립시켜
비극의 서막을 웅려하게 올리나니
사랑의 덫에 포획된 아폴론은
그니를 열애하는 사념으로 영만하여
들썽한 마음의 파랑이 흉흉하매
연모의 홍염을 제어할 수 없을레라

---

*타오르는 : 황금화살로 사랑이 일음.
*유연한 : 납의 화살로 미움이 일음.

다프네의 백랍같이 무구한 심령은
緯度* 임종의 선상 겨울처럼 냉랭해져
연애를 원수인 냥 사느랍게 염오함은
까투리가 익더귀를 회피하듯 할레라
신록의 꿈이 비등하는 원색의 숲으로
음울의 그리메조차 찾아볼 수 없는
산신의 전령인 산토끼처럼 밥뛰어가며
소박하고 순아한 희열을 만끽하리니
푸른 해원의 여린 포말을 닮은
세속의 가없는 명리를 추방하고
삼라를 화안히 밝히는 번갯불 같은
찰나의 희열에 탐착함을 경멸하네라
애오라지 사냥을 성실한 반려로 삼고
永劫의 정적을 들메며 쪼아대는
곱다랗게 앙알거리는 새들의 짬짜미에

---

*緯度 : 극지방을 상징.

精白의 詩魂을 오롯이 정지시키고

영속적이고, 그 광명 十方에 찬섬한

緣覺*의 흔열에 한껏 도취되도다

순결을 쾌락하는 신비의 精華*에

숱한 남성들이 보내는 연모의 눈길이

山河를 주황빛으로 덮는 시위 같건만

無情의 가시 있는 질박한 찔레인양

청아한 거절의 서슬을 벼리매

매양 결혼의 움은 지러지고 말레라

가람에 슬픔과 분노를 자재로 씌우는

그니의 부친은 늘키는 안타까움으로

말마까지 피어오르는 숭고한 열망*을

인내의 甘雨로 애써 제어할레라

그니의 뇌리에 무겁게 조각된

화혼에 대한 회청빛 암석같은 관념을

---

*緣覺 : 열반을 구하여 불생불멸의 진리를 깨달은 경애. 즉 카탈시스처럼 순수한 경애.
*精華 : 다프네를 상징.
*열망 : 딸을 결혼시키고 싶음.

금모래에 씌워진 글씨처럼 지울 순 없느니
아리따운 宝珠를 개펄 속에 묻은 듯
애운한 심정을 어찌할 수 없었기에

"타드는 노을처럼 선연한 너의 자태가
허황되고 미숙한 영혼의 고치를
꿰뚫어 버리는 송곳이 될지니
세월이 너의 운명을 치장하리라"
아젹의 장미*의 손길을 은은히 뿌리고
한낮에 햇살의 폭포수를 활소히 흩는
아폴론은 연모의 열병에 신음하며
純愛의 황금 그물에 포획되어
忍苦의 숨결을 애틋하게 뿌렸네라
머리의 금강석처럼 찬연한 빛의 관도
그니에게 드리워진 혐오의 어둠을

---

*장미 : 아폴론은 태양신이므로 태양의 빛을 상징.

밀려가는 썰물처럼 퇴영시키지 못하네
만년설의 무거운 침묵을 능히 깨뜨릴
강렬한 진홍의 입체적인 정열*도
툰드라처럼 얼어붙은 그니의 무정을
하르르 解氷의 선율처럼 무늘 수 없느니
곱 다른 비애의 병을 어찌 치유하랴
누리의 후미진 어느 모롱이일지라도
예언의 빛이 평미레처럼 평평하여
만인의 우상이 된 그였건만
자신의 운명을 예측할 수 없는
기묘한 숙명의 역설적인 장난에
단장의 비애는 山河를 전율 시킬레라
인공의 치장이 그니를 미워한
다프네의 늘어뜨린 무질서한 머리타래
그건 순실한 매력의 원천이리니

---

*정열 : 아폴론은 태양신이므로 태양의 빛을 상징.

아폴론의 가슴을 고동치게 할레라
정갈하고 영구한 아리따움은
作爲와 수식을 벗으로 하지 않노니
호젓한 계곡의 초연한 난초가
뜨락에서 요염을 과시하는 장미보다
精白의 芳香이 어찌 저열하리오
새벽별처럼 빤짝이는 비취빛 눈망울은
無垢한 魂氣의 세심한 대변자인가
또 보드레한 연분홍 입시울은
그를 진홍의 사념으로 충일케 하매
신의 의상을 미련 없이 벗어버린
사랑의 가냘픈 노예로 될레라
장미*의 감옥에 갇힌 그의 영혼은
안식*의 꽃, 그니의 생명에 융해되나니
명예와 긍지의 탑을 허문 아폴론은

---

*장미 : 사랑을 상징.
*안식 : 다프네를 말함.

느닷없이 포효하는 야수로 돌변하여
그니를 불화살처럼 추적하매
그니의 無情은 공포심과 동거할레라
반목의 희뿌연 연막을 흩뿌리며
하늬바람처럼 날렵히 도주하노니
하늘*의 미움을 받아 균열된 대지가
甘雨를 갈앙하는 無言*의 비명처럼
선혈마냥 붉은 全魂의 묵도는
그니의 차돌같은 염오의 벽을
좀체로 꿰뚫지 못함은
한 방울의 물이 요원의 불길을
결코 휘어잡지 못함과 같노니
아귀적* 절규는 허공을 비껴가고
울려오는 영혼의 메아리도 없으매
그가 심은 루비 빛 순정의 씨알은

---

*하늘 : 가뭄을 상징.
*無言 : 논밭이 금이 가서 입을 벌리는 모양.
*아귀적 : 사랑의 하소연.

대지*가 미워하여 여린 움이 트지 않네
사랑의 신기루를 생포하려 하건만
사랑의 滿月을 우미려 하건만
미끈한 뱀장어처럼 이리도 매끄럽나니
봄을 붙잡고픈 마음 정작 애절하나
천공에 드리워진 먹구름을 걷고프나
어찌 섭리의 견고한 성을 허물리오
아릿거리는 파초를 꺽을지언정
그 지고한 절개를 유린할 수 없고
玉露가 용현하는 샘을 팔지언정
청아한 사랑의 물을 솟게 할 수 없고
기적을 구사하는 여의주를 가질지언정
찬섬한 흰빛을 소유할 수 없노니
아폴론은 새된 어조로 굳게 절규하되
"나는 순실한 새야치를 유린하는
사악하고 간특한 늑대가 아니며

---

*대지 : 다프네를 상징

푸른 평화의 꿈을 키우는 호도애를
시샘하는 교활한 난추니도 아니오
애오라지 사랑의 늪에서 바릇거리도다
열사같이 작열하는 이 생명의 불꽃을
반사하는 그대의 해맑은 거울에는
어이하여 혐오의 성에가 서리었느뇨
그 검으스레한 영혼의 장막을 거두고
백설같은 내 심령의 선율을 경청해 주오
그대의 고귀하고 유아한 전단 향에
내 혼백이 슬프게 매료 되었노니
정수리부터 발부리에 이르기까지
그대의 신묘한 영약에 흠뻑 마취되어
장미의 올무에 걸린 사랑의 시녀가 될레라
원컨대 도타운 자애의 해독제로
이 연모의 멍에를 살포시 벗겨주오
이 청아한 純愛의 비취빛 샘물*이

---

*샘물 : 아폴론을 상징.

야릇한 개여울*로 흘러가려 하노니
이 정갈한 순애의 곧은 뿌리*가
精白의 이파리*를 무성케 하려 하노니
이 감미로운 순애의 섬세한 보슬비*가
야산*의 푸른빛을 선명케 하려 하노니
그대 의혹의 서슬을 번쩍이지 마오
그대 미움의 갑옷을 걸치지 마오
내 사랑의 劍이 혐오의 불을 만나매
시방 예리한 精緻를 잃느니
내 사랑의 옻이 혐오의 蟹足을 만나매
시방 진득한 본성을 잃느니
내 사랑의 별이 혐오의 해를 만나매
시방 섬세한 光輝를 잃느니
내 사랑의 꽃이 혐오의 風을 만나매

＊개여울 : 다프네를 상징.
＊뿌리 : 아폴론을 상징.
＊이파리 : 다프네를 상징.
＊보슬비 : 아폴론을 상징.
＊야산 : 다프네를 상징.

시방 화사한 영광을 잃느니
원컨대 사막한 가시를 거두고
純白을 꽃피우는 찔레가 되어주오
어떤 약초로도 치료할 수 없는
마음의 밑바닥에 있는 상채기를 고칠
유일한 그대 영혼의 선약을 주소서
신의 눈부신 명예와 긍지를 걸고
원색의 진실을 그대에게 건네오"

납의 화살은 사랑의 무지개 문을
견고하게 폐쇄 시킨 지 이미 오래
저주스런 화살은 사랑의 샘물을
마르게 한 지 이미 오래일지니
純愛의 진혼곡을 듣는데 귀머거리
순애의 화사한 빛을 보는데 맹인이매
그의 甘露같은 구애의 어휘는
그니의 화석같이 굳은 영혼을

석류빛 감동으로 채색시키지 못하나니
단지 창검을 감춘 유혹으로 곡해한 그니는
히야신스 향훈 그윽한 머리타래를
강풍에 나부끼는 돛폭같이 흔들며
공포의 발부리는 가속도를 머금도다
아폴론의 석류빛 기대는 포말을 닮고
푸른 염원의 탑은 애운히 허물어지고
연초록 움은 애왈브게 꺽이었느니
생명에 건립된 인내의 회두리 보루는
石柱인양 치솟는 장미빛* 사념을
북새처럼 매몰차게 거역할 수 없으매
고삐 풀린 황소처럼 광폭하게 미좇도다
이리가 천진한 순록을 바싹 뒤쫓듯
사냥개가 아리잠직한 토끼를 뒤쫓듯
긴장된 추격은 뭇 미물들의 소요를

---

*장미빛 : 불현듯 치솟는 애욕.

호반의 정적처럼 잠들게 할레라

애욕의 불꽃*은 공포의 들판*으로 번지노니

파랑처럼 일렁대는 아폴론의 숨결이

그니의 白玉같은 목덜미를 덮히매

금낭화처럼 잔약한 연록빛 영혼은

회복될 수 없는 진홍빛 이상*을

고뇌의 밑바닥에서 애와티게 저주하며

애절한 여운을 十方에 흩뿌리도다

순결의 집념은 연꽃보다 강렬했고

비취빛 절개는 대쪽보다 꿋꿋했건만

에로스의 얼음같이 응결된 질시가

독버섯 같은 불행의 열매를

가냘픈 순결의 마들가리 우에

안타까울 사 어이해 맺게 했느뇨

늦가을 사념 없이 퇴락하는 이파리처럼

---

*불꽃 : 아폴론을 상징.
*들판 : 다프네를 상징.
*이상 : 처녀로 영원히 지내고 싶음.

그니는 꽃보라 되어 대지에 나굴도다
애틋한 동정심이 어찌 폐부를 저미지 않으랴
그니는 최후의 강성한 기원을
영혼의 힘으로 생명의 바위에 새기매
의지의 빛이 사뭇 선명하리니
피를 토하는 한 마리 두견처럼
애절한 염원은 불사의를 창출하노니

"내 생명의 씨알을 뿌리신 아버님
구원의 손길을 甘雨같이 내리사
이 공포의 황무지를 윤택케 하소서
저 흉험한 괴한의 애욕을 들끓게 한
저주스런 아리따움을 청순히 표백시켜
죽음보다 무서운 두려움의 질병
그 번뇌의 불에 휩싸이지 않도록
이 모습을 칠면조*처럼 바꿔주소서"

---

*칠면조 : 잘 바뀐다는 의미.

선지피로 채색된 全魂의 절규는
무심한 草露도 감동하여 전율하리니
느닷없이 그니의 보드레한 四肢는
잿빛 침묵을 머금은 돌처럼 굳어지네
비취빛 꿈이 움트던 순아한 가슴은
情愛를 감춘 非情*한 껍질로 싸여지고
매력의 향훈을 흩날리던 머리타래는
잔약하게 아기작거리는 잎사귀가 되고
빙옥같이 해맑고 아리따운 팔목은
그 至高한 염원을 허공에 펼치며
슬픈 추회를 세분하는 가지가 되고
곱다랗고 공골차게 뻗은 다리는
흙의 진미를 먹는 뿌리가 되어
두려운 마음을 땅 속에 숨길레라
해사하고 연연하여 앳된 얼굴은
가지의 예리한 끝으로 변했건만

---

*非情 : 나무껍질의 의미.

눈부신 美의 빛은 퇴색되지 않았네라
아폴론은 경이의 슬픔으로 응시할 제
감미로운 장미빛 꿈은 사위었나니
노을같이 펼쳐지던 사랑의 영창곡은
회한과 번뇌가 응어리진 후렴을 흩뿌리고
원색으로 채색하던 사랑의 수채화는
선명한 빛을 잃고 화가의 상흔을 자극하니
이 찬연한 비극을 어찌 우미리오?

"미려한 내 심령의 우상 다프네여
내 푸른 갈망의 불꽃을 먹어 버리고
향훈 그윽한 나무로 승화되었으매
그대를 永劫에 걸쳐 찬미하리니
그대의 잎으로 왕관을 치장하고
초록의 생동감으로 화살통을 빛내리라
서릿발처럼 냉랭한 승부의 세계에서
영예의 승전고를 울리는 명장들이

카피톨리노* 언덕으로 개선할 제
그대의 화관으로 장미빛 환희를
화안히 그리고 그득히 영탄하리라
에메랄드처럼 시들지 않는 색상*을
연모의 선물로 그대에게 건네리니
그대의 순아한 선율 끊임이 없으리며
無垢한 빛은 태양처럼 시들 줄 모르리라
내 생명의 황금빛 등불이여
꺼지지 않는 영원의 불을 켜다오
매양 녹색 의상이 퇴색되지 않음은
내 사랑의 호박 빛 샘물이
고갈되지 않음을 증명하리니
정작 운명의 노여움이 사막하건만
영혼의 교량을 끊지는 못하리라
내 純愛의 가슴은 술처럼 익나니

---

*카피톨리노 : 제우스의 신전이 있는 곳.
*색상 : 사철동안 푸른 것을 의미함.

그대 청아한 芳香을 흩뿌려주오"
염염히 장미의 손길로 고웁게 우미는
斜陽의 아리따움을 살포시 뒤로 하고
그니의 숭고한 뜻이 승화된 나무는
恝苦와 감사가 기이하게 어우러진
신비의 미소를 화안히 머금었다.

추기 : 희랍신화 아플론과 디프네를 읊음

○ ●

'가치의 교제' 로서의 숭고한 사랑

(열린시학 2008. 봄호)

황인원 (시인)

스쳐가는 사랑이 세상에 들끓고 있다. 일명 '원나잇스탠드' 라는 행위도 그러한 일탈의 행위다.

사랑이 무언가. 사전적 의미는 '인간의 근원적인 감정으로 인류에게 보편적이며, 인격적인 교제, 또는 인격 이외의 가치와의 교제를 가능하게 하는 힘' (두산백과사전)이다.

'인간의 근원적 감정' 이 곧 '몸의 교제' 를 이른다고 한다면, '몸의 교제' 에서 '인격적 교제' , '가치의 교제' 로 이어지는 것이 곧 사랑이다. '몸의 교제' 는 일순간이지만 '인격적 교제' 나 '가치의 교제' 는 오래간다.

물론 영원한 사랑이란 있을 수 없는 일인지도 모른다. 인간의 생명이 유한한지라 인간의 행동양식으로서의 사랑 역시 그러할 것이다. 하지만 후대에도 영원히 남을 사랑은 얼마든지 있다. 이러한 사랑을 우리는 '가치의 교제' 라고 말할 수 있다. 〈아폴론과 다프네〉라는 장시 역시 이러한 '가치의 교제'의 의미를 전하고 있다. 사실 사랑에서 가치의 교제를 말하는 것은 개인의 정서에 포함된다. 사랑이 몸의 교제로 이루어져서는 안된다는 어떠한 근거도 없다. 다만 도덕적 개념적으로 '가치의 교제'를 주장하는 것이다.

이런 점에서 〈아폴론과 다프네〉의 사건에서 '가치의 교제'를 찾는 것 역시 개인의 정서라고 여겨진다. 이렇다면 이는 '서사를 포장한 서정'인 셈이다. 원래 이 신화의 내용은 이렇다.

아폴론은 자신이 면박을 준 어린 에로스가 쏜 화살을 가슴에 맞고 처음 본 소녀, 강의 신 페네이오스의 딸 다프네라는 요정을 첫눈에 반해 사랑하게 된다. 그러나 어쩌랴. 에로스는 다프네에게 사랑이 식는 납으로 만든 화살을 쏘았으니. 에로스의 화살을 맞은 다프네는 그만 사랑은 커녕 연애 자체를 싫어하게 됐다. 다프네는 숲 속을 돌아다니며 사냥을 하는 것이 유일한 낙이었다. 그녀의 아름다움에 구애를 하는 남성은 많았으나 모두 거절했다. 그러면서 결혼하지 않고 처녀로 지내면서 사냥만을 하고 싶어했다. 이러하니 아폴론의 구애는 다프네에게 귀찮기만 한 것이었다.

하지만 아폴론은 달랐다. 이미 에로스의 화살을 맞은지

라 다프네에 대한 사랑은 대단했다. 그녀를 사랑하는 마음에 수중에 넣으려고만 했다. 다프네의 흐트러진 머리카락을 보고 "빗질을 하지 않았는데 저렇게 아름다우니 곱게 빗으면 얼마나 아름다울까?" 아폴론은 다프네의 얼굴을 보는 것만으로 만족하지 못했다. 입술을 보고도 눈에 보이는 것이 저리 아름다운데 보이지 않는 곳에 감춰진 부분은 얼마나 아름다울까. 그런 상상을 하며 아폴론은 다프네를 쫓아다녔다.

다프네는 계속 도망다녔다. 그럴수록 아폴론은 더욱 쫓아다녔다. 결국 아폴론에게 잡히게 되자 다프네는 아버지인 강의 신 페네이오스에게 땅을 열어 숨겨주든지, 아니면 이 위험을 가져온 자신의 모습을 변하게 해달라고 호소했다.

이 말이 끝나자마자 다프네의 사지는 굳어지고, 가슴은 나무껍질로 덮였다. 머리카락은 나뭇잎이 되고, 팔은 가지로 변했다. 발은 뿌리가 되어 땅 속에 파고들었다. 그 아름답던 얼굴은 나무 꼭대기가 되었다.

아폴론은 깜짝 놀란다. 그리고 줄기를 만져보니 새로운 껍질 밑에서 살이 떨리고 있었나. 가지를 포옹하고 나무에 키스를 하려고 했지만 가지들은 키스를 받지 않으려는 듯 움츠렸다. 아폴론은 말했다. "그대가 이제 나의 아내가 될 수 없지만 나의 나무가 되게 하리라. 나는 그대를 나의 왕관으로 쓸 것이오. 또 그대를 가지고 나의 리라와 화살통을 장식하리다. 위대한 로마의 장군들이 카피톨리움 언덕으로 개선행진할 때 그들의 이마에 나는 그대의 잎으로 엮은 화관을 씌우리라. 그리고 나는 영원한 청춘을 주재하므로 그대는 항상 푸를 것이며 그 잎은 시들 줄 모르게 하리다."

이미 월계수로 변한 다프네는 가지 끝을 숙여 감사의 뜻을 전했다.

아폴론과 다프네에 얽힌 신화적 사랑 이야기의 줄거리다. 아폴론의 사랑은 이루어지지 않은 외사랑이지만 영원히 남을 '가치의 교제'를 우리에게 남겨주고 있다.

이를 시인은 장시로 풀어내며 서사적 구조를 만들고 있다. 서사시 구조란 이야기 골격이 있다는 말로 대체할 수 있다. 신화를 토대로 장시로 쓰는 일에는 당연히 서사적 구조가 있어야 한다.

그런데 이 시는 일반적인 서사시에서 사용하는 서사구조가 아니다. 기존의 내용을 토대로 하되 새로운 시인만의 이야기 골격을 넣었다는 점에서 그렇다.

"화살은 기이한 마술을 연주하여/타오르는 불과 유연한 물로 대립시켜/비극의 서막을 웅려하게 올리나니"나 "곱다랗게 앙알거리는 새들의 짭짜미에/純白의 詩魂에 한껏 도취되도다", "아폴론은 연모의 열병에 신음하며/純愛의 황금그물에 포획되어/忍苦의 숨결을 애틋하게 뿌렸네라" 등과 같이 294행에 달하는 시의 처음부터 끝까지 시인 나름의 새로운 시적 해석을 내놓고 있다.

서사구조를 활용한 서정의 세계임을 말해주는 증거다. 특히 이 시는 오세영이 말한 장시의 개념에 딱 들어맞는다. 즉 시간적 질서에 의한 것이든 공간적 질서에 의한 것이든 '다수의 정서적 갈등을 통일시켜 시인의 이념으로 하여금 형식성을 끌고 가게 하는 어느 정도 이상의 길이를 지닌 시가 장시다'라는 주장을 그대로 수용한다면 이는 장편 서사사가 아니라 장편 서정시인 셈이다.

일찍이 김우창과 김주연에 의해 신동엽의 〈금강(錦江)〉이 장편서정시로 규정된 것과 같은 이치다. 즉 어떤 역사적 사건(여기서는 신화적 사건이겠다)을 객관적으로 제시하기보다는 시인의 개인적 감정 즉 '가치의 교제'를 중점적인 사안으로 파악해 시의 내용으로 투영했다는 점에서 서정시로 규정될 수 있다는 것이다. 이는 이 시가 위에서 말한 '서사를 포장한 서정시'라는 의미로 풀이된다고 보여진다. 이럴 경우 우리에게는 상당히 새로운 의미를 전하는 기법상 장점이 있다.

이 시대는 서사보다 서정 형태의 시가 많이 창작되고 있다. 이것은 개인적 서정이 세상을 지배하고 있다는 얘기다. 때문에 전체적인 혹은 총체적인 세계로의 지향성이 약해지기 마련이다.

서사시는 과거의 객관적 사실을 바탕으로 이야기를 전개하는 방식이기에 훨씬 설득력이 강하다. 특히 설득력을 얻을 수 있는 부분이 인간적 삶의 지평을 넓힌다는 데 있다. '서사를 포장한 서정'은 개인적 서정의 약점인 총체적인 세계로의 지향성을 충분히 지켜내면서 서사구조를 갖추고 있기 때문에 설득력을 얻을 수 있다는 장점이 있는 것이다.

시가 논리를 갖추어야 한다는 점은 익히 알려진 사실이다. 논리 없는 시는 개인 감정을 적어놓은 낙서와도 같다. 그런 시들이 얼마나 많은가. 이런 상황에서 논리의 골격과 서술의 정서를 동시에 수용할 수 있는 시적 구조를 찾아낸다는 것은 대단히 아름답고 의미 있는 일이라 할 것이다.

이 시에서 의식을 확장해 이런 점까지 생각한다면 바로 이러한 형태의 시가 우리 시대에 '장시의 가능성'을 열어주는 예라 할 수 있다고 파악된다.

특히 소재적인 면에서 이 시는 긍정성을 더해주고 있다. 아폴론과 다프네에 얽힌 이 신화는 신만의 세계가 아니다. 신의 세계는 전지전능한 세계다. 따라서 태양과 예언, 궁술, 의료, 음악을 과장하는 신 아폴론이 다프네의 사랑을 얻고 아내로 맞이했어야 옳다. 그럼에도 이 신화는 아폴론이 사랑하는 다프네를 아내로 얻지 못하고 월계수만을 가질 수 있었다. 이는 에로스가 쏜 화살에 맞았기에 그런 것이지만 역시 에로스를 놀릴만한 상황에 있던 나폴론은 이를 극복할 수 있었어야 한다. 신의 세계니 말이다. 그럼에도 그렇지 못했다. 이는 신의 세계를 인간의 세계로 끌어내린 결과라고 풀이하는 점이 옳을 듯하다. 인간의 세계로 끌어내려진 상황은 인간에게 여러 가지 사고의 폭을 넓히게 해준다. 그 자료를 바탕으로 인간 삶의 새로운 질서를 생산해낼 수 있다는 점 때문이다.

이 시는 이 시대의 가벼운 몸짓을 신랄하게 비판한다. 가벼운 몸짓은 물론 육체만의 사랑을 말하는 것이리라. 보통 남성의 사랑은 정신적인 사랑만으로는 힘들다. 육체적으로 채워지지 않는 그 무엇을 포기하지 못하는 것이다. 그런 점에서 아폴론의 사랑은 인간 한계를 뛰어넘는다. 아폴론의 사랑이 신의 사랑이 아니라 인간화한 사랑이라는 점에서 배울 점이 있나. 시인은 이 점을 잘 잡아낸 것이라고 보여 진다.

물론 지금 이 시대의 사랑이 모두 육체적인 사랑에만 그치는 것은 아니다. 인간의 사랑은 보통 정신적인 사랑을 먼저 경험한 뒤에 육체적인 결합을 하는 경우가 더 많다. 이는 사랑을 하게 되면 사랑하는 사람과 하나가 되고 싶어 하는 마음. 그리고 늘 그 사람과 함께 있고 싶어 하는 마음을 말해주는 것이다. 정신적 사랑과 육체적 사랑이 이어지면 사랑에서 오는 행복감이 느껴진다.

우리는 그 행복감을 느끼기 위해 사랑을 찾아 헤매기도 한다. 아폴론이 다프네를 찾아 헤맨 것도 사랑하는 다프네와 정신적 육체적으로 하나가 되어 행복감을 느끼기 위함이다. 그러나 두 주인공은 이런 행복감을 느끼지 못하고 끝이 났다. 극히 인간적인 사랑의 모습이 아닐 수 없다. 이 인간적인 사랑의 모습이 시인으로 하여금 '서사를 포장한 서정'이 가능하도록 했을 가능성이 있어 보인다. 이 말은 대단히 중요하다. 이 시대의 장시의 소재를 말해주는 것이기도 하기 때문이다. '서사를 포장한 서정'의 구조를 갖추기 위해서는 신화뿐 아니라 전설, 민담을 활용해 장시의 모습으로 시대의 교훈을 주는 작품을 남길 수도 있다.

이런 옛날이야기는 어떨까.

시집갈 나이가 된 어느 여자 방에 밤이면 그림자가 숨어들었다. 여자는 잠결이지만 완숙한 남자의 무게를 느낄 수 있었다. 하지만 꿈이라고 치부하고 넘어갔다. 그 후로도 몇 번을 더 그런 일이 일어났다. 그런 어느 날 여자는 자신이 수태를 했음을 알고 기겁했다. 꿈이 아니라 사실이었던 것이다. 그래서 한번은 바늘에 실을 꿰고는 꿈속에 보이는 그 남자에게 바늘을 꽂아 놓았다, 그리고는 아침에 눈을 떠 실티래가 풀러 있는 곳을 찾았다. 그 실줄은 문지방을 넘어 집안 우물에 잠겨 있었다. 실을 잡아당겨 보니 커다란 지렁이가 매달려 있었다.

몇 백 년을 거쳐 구전돼 오는 전설이지만 여기서 여러 가지 사고를 확장할 수 있을 것이다. 여자를 사랑한 미물의 사랑 이야기로 볼 수도 있고, 젊고 늠름한 남자를 그리는 여자의 마음으로 이해 할 수도 있겠다.

이 전설 속의 이야기가 〈아폴론과 다프네〉처럼 하나의 시적 소재로 사용될 수 있다면, 그래서 '서사를 포장한 서정'으로 골격을 만들고 풀어낼 수 있다면 이 역시 장시의 가능성을 점칠 수 있는 부분일 것이다.

이 시는 이처럼 이 시대에 장시의 가능성을 이해하고 확산하는 데 기여할 수 있다는 점에서 대단히 긍정적인 작품이라고 할 수 있겠다. 소재의 다양성을 활용해 보기를 권한다.

테메테르의 진주빛 모성

수선화가 純白의 망울을 여는
엔나의 뜨락은 순아한 꿈이 비등하고
無垢한 전설이 멧부리만큼 퇴적되어 갈 때
중량을 못 이긴 至高의 체념이
忍苦의 숨결을 흩으며 융해되어
의초롭게 창공에 흩어져 나르네

석류빛 陽炎이 은연하게 피어오르고
살바람이 수르르 악의없이 시샘할 때
제비꽃의 가녀린 묵도가
노오란 송홧가루처럼 하르르 흩날리고
世間의 속된 번뇌의 불씨가
천진한 어린애처럼 소록소록 잠들어
하늘의 축복이 면연한 경이의 뜰에서
광채 찬연한 이상을 수놓던 페르세포네
오, 숙명의 혐오를 받았네

장미는 선연함으로 인해 꺾이고
사슴은 주옥의 角皮 때문에 죽고
槿座는 존귀하므로 賊이 숱하듯
수련한 容姿가 너무나 교태로워
비극의 함정이 그니를 시샘했는가
死國의 검은 통치자 하데스*에게
태풍에 여린 갈대가 꺾이듯
수리에게 잔약한 다람쥐가 채이듯
수유간에 납치를 애달프게 당하였네

히드라*를 닮은 침울의 그리메가
安立*과 포용의 화신 테메테르에게
황혼녘처럼 기일게 드리워지노니
진주빛 母性은 검은 囚衣를 걸치고
슬픔을 고요히 맞이할레라

＊하데스 : 명계의 왕.
＊히드라 : 머리 아홉달린 괴물. 흉측한 침울을 의미함.
＊안입(安立) : 대지의 특성을 말함. 그니는 대지의 여신이므로

그 비애는 분노의 위요를 받아
동상처럼 非情의 형상을 하느니
哀歡는 굳은 영혼을 침노할 수 없고
애락은 굳은 의지를 희롱할 수 없어라

미소를 잃어버린 여신은
유랑한 목소리를 침묵의 늪에 파묻고
잿빛 절망의 아픔을 인내할레라
니오베*의 오열이 이보다 처참하랴
탄탈로스*의 신음이 이보다 애절하랴

고요한 가람이 수심이 깊듯
태풍의 눈이 정적을 흩뿌리듯
침묵의 언어는 웅변보다 강렬하리니
응어리진 슬픔*은 초목을 감동시켰어라

---

*니오베 : 신의 벌을 받아 눈물을 흘리는 채로 돌로 됨.
*탄탈로스 : 신에게 벌을 받음.
*슬픔 : 여신의 슬픔.

여린 마들가리에 甘味를 불어넣던
능금나무는 정교한 행진을 중지하고
인내와 끈기의 가냘픈 화신
보리는 조촐한 움을 틔우지 않고
영롱한 七色의 꿈을 윤색하던
아이리스는 요요한 꽃망울을 열지 않고
행운의 종을 천진하게 드리우던
은방울꽃은 보드레한 芳香을 흩지 않고
靈油를 포실하게 매만지던 올리브는
밀알진 윤기를 상실하였네

한 여울이 숱한 여울을 파생시키듯
여신의 분노는 無形의 금환을 그리며
수유간에 四圍로 애멸구처럼 번지도다
여신의 비애는 자욱을 남기지 않고
뭇 중생들의 순수한 생령을
찬란한 회한의 감동으로 공명하였다

그들의 번잡*한 고독 그들의 검은 반항*이
森羅에 노도처럼 격렬하게 반향으로 일어선다

조화*와 균형의 장엄한 협주에 의해
오롯하게 성장하던 비옥의 꿈이
애운하게 마멸되어 여흔마저 스러지고
황폐의 전령이 공포의 서곡을 울린다
잿빛 死滅의 그리메가
예리한 서슬과 궁시를 뻔쩍인다

과수들의 루비빛 꿈은 죄다 바래지고
꽃들의 붉은 수런거림은 퇴색되고
신록의 푸른 웃음은 일그러지도다
원색*의 향연은 장엄함이 시들고

---

*번잡 : 반항을 상징.
*반항 : 열매를 맺지 않음.
*조화 : 대자연의 질서.
*원색 : 대자연이 3원색으로 찬란하였으나 이젠 볼품없이 되었음을 비유.

불협화음은 수직으로 비등하여
제우스의 정수리를 찌릿하게 징을 친다

가시를 닮은 이 미증유의 행진을
伊蘭*을 닮은 이 침묵의 비명을
프로메테우스를 닮은 이 반항*의 群을
주신은 공구의 눈망울로 응시하느니
천상의 충실한 종복 헤르메스를 불러
암흑과 음울이 흉증스레 어우러지는
검은 망령의 나라 명계로 보내도다

서슬처럼 사느라운 주신의 명령은
대지를 화사히 조명하는 햇살같고
패연히 쏟아지는 빗줄기 같으리니

---

*이란(伊蘭) : 인도의 전설에 나옴, 냄새가 나쁜 열매를 먹으면 미친다고 함.
*반항 : 신에 대한 반항 즉 초목이 花果를 맺지 않음.

설령 하데스가 해원의 물을
온이로 삼킬 신통력을 가졌다 해도
거역의 비늘을 어찌 치켜세우리

사랑의 지고한 탑은 허물어지려하고
장미빛 꿈의 퇴적은 풍식되려 한다
그는 지혜의 샘을 추적하여
절묘한 계교를 꾸몄어라

비극의 긴 자락을 잉태할 석류알을
한 떨기 백합처럼 청순한
페르세포네에게 이별의 상징으로 먹여
결별의 번뇌를 으깨도다

오, 지하의 석류알은 영묘한 마력을 지녀
한 오래기 향수를 깊게 심는다
목마름으로 고기가 물을 동경하듯

타드는 초목이 비를 갈구하듯
그니는 이 명계를 애절히 앙모할
숙명의 황금 멍에를 쓰고 말았다

칠보로 단장된 사랑*의 전당을 나올 제
지상과 지하를 잇는 사치스런 교량인
마차가 찬섬한* 빛으로 영접하도다

칠흑빛 칼퀴가 격랑처럼 포효하더니
암흑과 침묵을 순식간에 꿰뚫고
비취빛 생동감이 선명하게 타오르는
광명과 희열의 뜨락 지상으로 나와서
마차는 그니를 살며시 내려놓고
다시금 지하로 회귀한다

---

*사랑 : 페르세포네와 하데스의 사랑이 익은 궁전.
*찬섬한 : 황금마차이므로

아이올로스의 화유한 선율*이
월계의 향훈을 그윽하게 머금은
황금빛 머리타래를 예고없이 휘감을 때
불현듯 찬연한 진주빛 옛정이
밀물처럼 하이얗게 밀려와
추억의 모래톱을 곱다랗게 우밀었다

사배나 짐승들이 물을 동경하듯
미물들이 불빛을 사모하듯
그니는 母性愛의 샘물을 흐놀며
눗사의 뜨락을 가로질러
모성의 그 질박한 체취를 미좇네라

한낮의 영광을 건하게 실은
아폴론의 찬연한 황금마차*는

---

*선율 : 바람의 신 아이올로스는 하아프로서 바람을 연주한다고 함, 즉 바람을 의미.
*황금마차 : 태양신이 타고 다니는 마차, 즉 태양을 상징.

장미*의 손길을 염염히 뿌리며
無言의 에필로그로 대자연을 뼈물레라

무구한 섬광이 더욱 찬연한
찰나의 가련한 촛불
물러가는 어둠 앞에 비끼는
빛의 색상은 더욱 선명하리니

저어기 동심의 꽃을 피웠던 샘가에
어떤 여인이 비애의 검은 옷을 입고
무거운 紅蓮*의 시름에 잠겨
함묵의 검은 돛을 달고 있었네

그니는 호기심의 마력에 유혹되어
살얼음을 밟듯 사운사운

---

*장미 : 열사양을 의미 함.
*紅蓮 : 八寒 지옥의 심연(불경 참조)

실비같이 가녀린 발자욱 소리
깃을 털듯 흠칫 돌아보는 모습은
그니가 꿈에도 애절히 갈망하던
영혼의 고향인 자애로운 어머니였네
宿緣은 쇠사슬보다 오히려 견고할지니
저주의 서슬은 잘리지 않네

여신은 다가오는 딸을 알아채고
시름의 껍질을 깨고 나온 병아리처럼
비애의 고치를 뚫고 나온 나방처럼
신기루 같은 장미빛 희열
꿈속 누각 같은 도화빛 흔열에 취해
용암처럼 끓어오르는 환희의 샘물을
홍염처럼 피어오르는 환희의 불꽃을
어찌 언어의 물로 제어 하리

전신은 鴻毛처럼 가벼워지고

영혼은 진홍의 香油가 용현하나니
해후의 감회는 이리도 精白할런가
여신은 딸을 격렬하게 애무하며
모성애의 紅淚를 폭포처럼 쏟네

병자가 신묘한 양약을 얻고
장님이 희귀한 천리안을 얻고
귀머거리가 신의 음성을 들을 수 있고
걸인이 山을 우연히 발견하고
甘雨가 십년 가뭄을 깨뜨릴지라도
어찌 이 석류빛 해후에 비견하리

모성애는 한 떨기 청초한 연꽃
지고한 절개가 진흙의 유혹을 이기고
정갈한 향훈을 十方에 흠날리노니

모성애는 정열이 이글거리는 태양

극악의 어둠을 찬연히 조명하고
다사로운 빛은 영구히 시들지 않나니

모성애는 靑笑가 흩어지는 海原
반목 탐욕의 가람을 오롯이 포용하는
숭고한 德이 아람차게 침묵하노니

모성애는 풍요를 단장하는 대지
숱한 초목에게 진미를 베풀고도
교만의 독기를 호말도 머금지 않노니

모성애는 해맑은 꿈을 담은 진주였다
백설같이 무구한 뜻은 찬섬하여
존귀한 빛은 의초롭게 은은하노니

비애의 묵은 허물을 벗어버리고
진노의 묵은 갑옷을 벗어버리고

여신은 미소의 영광을 회복했나니
주황빛 꿈의 등불은 다시금 켜졌나니
비정한 침묵은 흔적마저 표백되고
문문한 자애는 다시금 부활하리

고뇌의 불꽃에 염련된 환희는
황금사과* 보다 감미로움이 농후하고
어둠 뒤에 다가오는 광명은
섬세한 섬광이 더욱 강렬하고
시린 눈발 속에 피어난 매화는
고고한 기상이 한층 선명하리니

여신은 노을처럼 번지는 흔열로
아틀라스 연봉의 채운으로 변모되고
대양에서 포효하는 고래로 변모되고
연직으로 비양하는 수리로 변모되어

---

*황금사과 : 헤스페리테스 동산의 황금사과.

하르르 번뇌의 둔덕을 해빙시키고
깡그리 비애의 철책을 제거하고
우련한 모성애의 햇불을 밝히며
루비빛 주단 위로 발부리를 내디딜 제
신의*의 꽃을 피운 나무들은
분노의 동면에서 이젠 기상하여
비애의 酒氣를 죄다 떨구어 버리고
분주히 본연의 꿈을 결실하리라

다시금 백합은 순백의 꽃망울을 열고
아람부는 열매는 회두리 감미를
순아하고 보드레하게 더하고
향긋한 미풍은 온화한 손길을 뻗어
조화의 선율*을 은연하게 우밀 제
이삭들은 황금*의 열망을 불살랐다

---

*신의 : 테메테르 여신의 슬픔에 나무들도 동조한 것.
*선율 : 삼라만상이 질서를 다시금 회복한 것을 의미 함.
*황금 : 누런 곡식들이 일렁거림.

테메테르의 진주빛 모성

남송우 (문학평론가)

테메테르가 지닌 모성애의 모습은 연꽃, 태양, 해원, 대지, 진주 등으로 은유되고 있다. 앞선 「사랑」 연작시에서 보인 사랑과는 조금의 차이를 보인다. 연작시 「사랑」에서 노래한 사랑은 상당히 구체적이며 나열적인 이미지로 펼쳐지고 있으나, 이에 비해 「테메테르의 진주빛 모성」에서 노래한 모성은 상대적으로 집약적이고 상징적인 이미지로 압축되어 있다. 그러나 그 근원적인 이미지는 서로 상통하는 모습을 보인다. 모성애를 노래한 사랑의 이미지가 「사랑」 연작시에서 노래한 사랑의 이미지보다는 더 근원적이라 할 수 있다. 이러한 사랑 즉 모성애가 있었기에 테메테르는 잃어버린 외동딸을 만나기까지의 그 힘든 시간을 견딜 수가 있었던 것이다. 그 어려운 고난의 시간이 겨울로 상징되어 있다. 대지에 생명이 사라지고 역동성이 소멸된 이유가 여기에 있다.

그러나 테메테르가 그의 외동딸을 만남으로써 대지에는 생명이 새롭게 약동하는 봄을 만날 수 있게 된 것이다.

그러나 그 봄은 언제나 겨울을 통과한 이후에 펼쳐지는 시간이란 점에서, 박 시인의 시에서 겨울과 봄 사이, 나아가 봄의 노래가 왜 많은지 그 이유를 조금은 이해할 수 있게 된다.

– 작품 해설 중에서

해설

○ ●

박상호 시인의 파토스가
만드는 이야기시

남송우 (문학평론가)

시의 본질은 서정시이다. 서정시는 순간의 감정이나 이미지의 형상력에 의존한다. 그러나 압축과 상징만으로 다 풀어낼 수 없는 이야기들은 시의 또 다른 형식을 차용한다. 이야기시 혹은 서사시 계열이 이에 속한다. 서사시를 역사적 장르로 생각하여 이미 생명이 다한 시 형식으로 생각하는 것은 옳지 않다. 이야기는 어느 시대나 있어왔고, 현대에도 그 이야기의 생성과 소멸은 끊임없이 지속되고 있기 때문이다. 문제는 그 이야기가 시로서 어느 정도 구성력을 가지며, 형상력을 확보함으로써 시적 성과를 얻고 있느냐 하는 점이다.

박상호 시인의 이번 시집 속에도 소위 서정시인 단시와 긴 이야기시인 장시가 혼재해 있다. 장시 「아폴론과 다프네」, 「테메테르의 진주 빛 모성」은 신화적 이야기를 토대로 이야기 시의 한 모형을 보여주고 있다. 5부로 나뉘어져 있는 이 시집 속에서 서정시들이 보여주는 세계가 지니는 의미도 있지만, 여러 다양한 단시 서정시들은 이 시집에 실린 장시의 주제에 수렴되는 특성을 가지고 있다. 서정시들의 지향점은 대체적으로 계절은 봄을 주로 노래하고 있고, 소재는 꽃들이 많이 등장하며, 주제의식은 사랑과 생명의식이 충일하게 제시되고 있다. 이러한 시의 주제나 내용은 시에서는 가장 원형적이며, 원초적인 이미지에 의존하고 있는 결과이다. 이는 바로 그의 시적 상상력이 신화에 근거하고 있다는 말이기도 하다.

그의 장시 「테메테르의 진주 빛 모성」에서 이러한 모습을 확인할 수 있다. 이 시는 대지의 신 혹은 곡물의 신으로 불리는 테메테르가 그의 외동딸을 잃고 난 뒤, 그 딸 페르세포네를 찾아가는 모성의 절절함과 그녀를 만남으로써 대지가 생명을 새롭게 회복하는 과정을 그리고 있다. 왜 박 시인이 이러한 모성에의 원형이미지에 집착하고 있는가? 그의 우선적인 관심이 모성에 가 있기 때문이다.

저 천공(天空)의 끝이 없듯이
어머님의 자애는 끝이 없어라

내 영혼의 파수꾼이었고
내 지혜의 스승이었으며

고귀한 희생과 생명을 다한 헌신

언제나 근엄하고 자애로 왔으며
잿빛 고뇌에서도 의연하였고
투병과 번뇌의 화염 속에
애오라지 자식의 미래를 걱정했던
어떤 성인보다 숭고했던 일생이었네
- 「그리운 어머니」 중에서

시적 화자를 두고, 이미 지상을 떠난 어머니이지만, 어머니의 자식에 대한 사랑이 어떠한 것임을 노래하고 있다. 끝없는 하늘의 모습처럼 어머니의 자식 사랑은 끝이 없음을 내비친다. 그래서 이러한 어머니의 사랑은 어떤 성인보다 숭고했던 일생이었음을 밝히고 있다. 테메테르가 그의 외동딸을 잃고 그를 찾아 헤맬 수밖에 없는 것은 이러한 모성이 지닌 근원적인 사랑 때문이다. 자식에 대한 사랑은 명부로 붙잡혀 간 페르세포네와 만나기까지의 고통의 시간을 견디는 힘이 된다. 어머니의 사랑은 생명의 원천이면서, 모든 고난을 초극할 수 있는 힘이기 때문이다. 박상호 시인이 이 시집에서 「사랑」 연작시를 7편이나 선보이고 있는 이유가 여기에 있다. 사랑이 지닌 본질을 그는 사랑 연작시를 통해 풀어내고 있다. 시인이 생각하는 사랑은 다음의 노래에서 다양한 이미지로 소개되고 있다.

<blockquote>

사랑은 무지개 빛 동경이며
옅은 보랏빛 그리움일레
불변의 至純한 흠모이며
수정과 같이 해맑은 영혼의 노래일레
진리의 향기 가득하며
견디기 어려운 인내와 포용의 이명일레
달빛을 동경하는 달맞이꽃이며
잿빛 고통과 비애를 함께 하며
신명을 바쳐도 전혀 아깝지 않으며
고귀한 희생마저도 무상의 큰 기쁨일레
선량함과 아름다움의 극치이며
존경과 순종으로 가득하며
가없는 利他心과 布施
그리고 간절히 기도하는 마음이리라
선홍빛 진심과 온화한 배려
숭고한 의로움의 빛으로 찬연하리라
결코 영원히 시들지 않는 인자한 홍련이리라

</blockquote>

— 「사랑 · 1」

이 「사랑 · 1」은 다른 6편의 사랑 연작시에서 노래한 내용을 전부 종합 정리해놓은 모습이다. 「사랑 · 1」 외의 「사랑」 연작시 6편의 내용이 이 한 편 속에 다 수용되고 있기 때문이다. 이 시에서 노래한 것이 사랑의 본질 모두를 다 헤아린 것은 아니다. 그러나 시인이 생각하기로는 어머니가 보여준 사랑의 모습은 이러한 사랑에 근거하고 있는 것이다. 이러한 모성애의 근원을 시인은 「테메테르의 진주빛 모성」에서 찾고 있는 것이다. 모성애가 얼마나 강렬하며 근원적인지를 신화적인 이야기를 통해 풀어내고 있다. 박 시인이 생각하는 모성애는 테메테르가 그의 외동딸 페르세포네에게 행한 행위 속에 그 원형이 내재되어 있다는 것이다. 시인이 생각하는 모성애의 원형이 테메테르의 삶 속에서 확인된다는 것이다. 그래서 시인은 사랑 중에서도 가장 중심에 자리하고 있으며, 근원에 해당하는 테메테르의 모성애를 다음과 같이 노래하고 있다.

　모성애는 한 떨기 청초한 연꽃일레
　지고한 절개가 진흙의 유혹을 이기고
　정갈한 향훈을 十方에 흩날리노니

　모성애는 정열이 이글거리는 태양일레
　극악의 어둠을 찬연히 조명하고
　다사로운 빛은 영十히 시들지 않나니

　모성애는 靑笑가 흩어지는 海原일레

반목 탐욕의 가람을 오롯이 포용하는
숭고한 德이 아람차게 침묵하노니

모성애는 풍요를 단장하는 대지일레
숱한 초목에게 진미를 베풀고도
교만의 독기를 호말도 머금지 않노니

모성애는 해맑은 꿈을 담은 진주일레
백설같이 무구한 뜻은 찬섬하여
존귀한 빛은 의초롭게 은은하노니

─「테메테르의 진주 빛 모성」 중에서

테메테르가 지닌 모성애의 모습은 연꽃, 태양, 해원, 대지, 진주 등으로 은유되고 있다. 앞선 「사랑」 연작시에서 보인 사랑과는 조금의 차이를 보인다. 연작시 「사랑」에서 노래한 사랑은 상당히 구체적이며 나열적인 이미지로 펼쳐지고 있으나, 이에 비해 「테메테르의 진주 빛 모성」에서 노래한 모성은 상대적으로 집약적이고 상징적인 이미지로 압축되어 있다. 그러나 그 근원적인 이미지는 서로 상통하는 모습을 보인다. 모성애를 노래한 사랑의 이미지가 「사랑」 연작시에서 노래한 사랑의 이미지보다는 더 근원적이라 할 수 있다. 이러한 사랑 즉 모성애가 있었기에 테메테르는 잃어버린 외동딸을 만나기까지의 그 힘든 시간을 견딜 수가 있었던 것이다. 그 어려운 고난의 시간이 겨울로 상징되어 있다. 대지에 생명이 사라지고 역동성이 소멸된 이유가 여기에 있다.

그러나 테메테르가 그의 외동딸을 만남으로써 대지에는 생명이 새롭게 약동하는 봄을 만날 수 있게 된 것이다. 그러나 그 봄은 언제나 겨울을 통과한 이후에 펼쳐지는 시간이란 점에서, 박 시인이 시에서 겨울과 봄 사이, 나아가 봄의 노래가 왜 많은지 그 이유를 조금은 이해할 수 있게 된다. 특히 박 시인은 단순히 겨울이나 봄 계절 자체를 노래하기보다는 이 시기에 피는 꽃들에 관심함으로써 겨울을 초극하고 피어나는 생명력에 대한 예찬을 계속하고 있다. 이러한 모습을 내보이는 작품으로 「초겨울에 핀 개나리」, 「설중매 · 1」, 「설중매 · 2」, 「동백꽃」, 「봄이 오는 소리」, 「반개 목련화」, 「벚꽃」 등이 등장한다. 이 중에서 「설중매 · 1」은 어머니의 이미지 나아가 이 시집에서 박 시인이 모성애의 원형처럼 노래하고 있는 테메테르의 이미지를 담고 있어, 그 의미가 크다.

시린 겨울을 찐쭘하던 매화나무여
봄을 그토록 동경해
수줍은 꽃망울을 오롯이 열며
봄을 그리워하여 은은한 향기를 흩을 제

봄을 시샘하는 백설이 독기를 머금고
그 어린 꽃망울을 아프게 누를 제

봄을 향한 열정과 기원은
더욱 강렬해지고
백설이 서릿발 같은 추위로
그대를 아무리 괴롭혀도

그대는 더욱 의연하고
봄을 향한 그리움만 더욱 깊어 가리니
정작 백설이 있어 더욱 아리땁구나

설중매여 불굴의 꽃이여
진정한 매화의 찬연함이여
세파의 고뇌를 헤쳐 가는
인고의 자애를 가진
내 어머니 같은 꽃이여

위대한 성인의 인품같은 향기여
시리도록 화안한 봄의 전령이여

—「설중매 · 1」

설중매가 지닌 전통적인 이미지를 넘어서는 새로운 이

미지를 노래하고 있다. 그것은 〈내 어머니 같은 꽃이여〉라는 구절에서 나타난다. 설중매를 어머니에 비유할 수 있는 근거는 무엇인가? 많은 속성이 존재하지만, 위 시에서는 〈세파의 고뇌를 헤쳐가는 인고의 자애를 가〉졌다는 점과 〈위대한 성인의 인품같은〉 이미지에서 공유점을 찾고 있다. 앞서 박 시인은 「그리운 어머니」에서 어머니를 떠올리며 그 이미지를 여러 양상으로 노래하였는데, 그 중의 중요한 이미지는 〈어머님의 자애는 끝이 없〉고, 〈잿빛 고뇌에서도 의연하였고〉, 〈어떤 성인보다 숭고했던 일생이〉었다고 노래했다. 그러므로 「그리운 어머니」에서 노래하는 어머니의 이미지나 「설중매 · 1」에서 확인되는 어머니의 이미지가 동일선상에 놓인다고 할 수 있다. 특히 설중매를 〈위대한 성인의 인품같은 향기〉로 명명하는 차원은 어머니의 존재를 대지의 생명력을 회복시킨 신화적 인물인 테메테르의 원형 이미지에 가까이 다가서 있다고도 할 수 있다. 외동딸을 찾아 헤매는 고난의 겨울을 넘어 생명의 봄을 여는 불굴의 테메테르의 모습에서 그 어디에서도 보기 힘든 생명력을 확인할 수 있기 때문이다. 이러한 생명력의 확인은 시인 자신이 내장하고 있는 시적 생명력과도 무관하지 않은 것으로 보인다. 박 시인의 이번 시집에 실린 시편늘의 전반적인 성향이 낭정적이고 능농적이며 역동적인 이미지로 넘쳐나고 있기 때문이다. 「단풍잎의 비가」에서 마지막 정열을 불사르는 단풍잎에 대한 비가가

오히려 찬란한 찬미의 시가로 분위기가 바뀌고 있는 것은 박 시인의 내적 생명력과 연관되어 있는 것으로 보인다. 이러한 힘은 박 시인이 가진 생래적인 시적 파토스에 기인한 것이다.

특히 역사적이거나 전설적인 인물을 노래하는 시편에서는 이러한 역동적인 이미지는 더욱 강렬한 힘을 동반하는 어조를 형성한다. 「폭풍우가 몰아치는 이기대에서」에서 이름 모를 두 떨기 들꽃으로 형용되고 있는 두 여인을 칭송하는 장면이나, 「동백섬 인어공주」에서 인어공주에 관한 동경과 흠모의 노래를 부르는 것이나, 「계백장군」에서 그의 기개를 시조형식에 담고 있는 부분이나, 「별은 노량에서 지다」에서 이순신 장군을 성웅으로 노래하는 것에서 나타나는 힘찬 어조는 모두 이러한 시적 파토스에 기초해 있다. 박 시인이 짧은 서정시에 만족하지 못하고 장시나 이야기시에 더 친연성을 보이는 이유도 여기에 있다. 이 강렬한 파토스를 기반으로 신화적 이야기에서 벗어나 이 시대의 아름다운 이야기시를 만들어 가길 기대해본다.

○●

특유의 설화 모티프 시인
박상호의 유쾌한 에너지

한창옥 (시인)

지하철 2호선을 타고 동백역에서 내려 1번 출구로 나왔다. 비가 내리고 있었다. 볼륨을 줄인 비는 온 몸을 다해 도로를 침범한 낙엽군단을 적셔주며 가을 풍경을 완성하는 중이다. 가을 정취 때문인지 동백역 출구는 벌써 동백섬의 아련한 모습을 연상시켜 주고 있는 게 아니던가, 어느덧 동백섬의 상징물이 되어버린 누리마루의 의젓한 자태를 머릿속에 떠 올리는 순간 박상호 시인의 얼굴이 오버랩 되었다.

건축 설계를 하듯이 정교한 미와 열정시를 지향하며 시의 그물을 힘껏 던지고 있는 박상호 시인과의 인연은 그리 오래되지는 않았다. 2005년 부산시인협회 사무국장을 맡고 있을 때 박상호 시인의 회원가입원서를 받으면서 지면으로 처음 만났다.

시 전문 문예지 《열린시학》 가을호에 신인작품상을 수상하면서 등단하여 직업난에 건설회사 대표로 되어 있었는데 첨부한 작품이나 사진에서 받은 느낌은 참으로 여리고 깔끔한 이미지였다. 작은 증명사진 속의 눈빛에서 형제애 같은 교감이 내 기억에서 생생히 남아 한동안 지워지지 않았던 것은 아마도 내 추억 속의 낯익은 정서를 보아서였을까?

그 후 2007년 계간《부산시인》편집주간을 맡게 되면서 기획 하였던 '신예특집'에 박상호 시인을 추천하게 되어 작품을 받는 과정에 처음으로 만남이 이뤄졌다. 내 느낌은 크게 벗어나지 않았다. 건설회사 대표라면 보통 체격이 튼실하고 우락부락한 남성의 모습을 상상하기 마련이지만 사진 속의 첫 인상처럼 그는 아담하면서 매우 섬세한 모습이었고 얌전한 학교 선생님 같았다. 여성의 피부보다도 더 결이 고와 거무스레할 거라는 생각이 무색해졌다. 중년으로 막 접어 든 얼굴에서 지나간 세월을 추억하는 그윽한 쓸쓸함까지 보이는 것이었다.

후에 신문기사를 보고 알게 되었는데 박상호 시인은 정도와 원칙을 지키는 경영으로 2005 APEC 정상회의를 개최한 곳으로 잘 알려진 부산 동백섬 '누리마루' 공동시공자였으며 그 뿐 아니라 2004년에는 모교인 부산대학교에 대학발전기금을 전달하며 지방대학 육성발전에도 남다른 애정을 갖고 있었다. 이십여 년 간 사재를 털어 소년소녀

가장을 돕고 학비 마련에 어려움을 겪고 있는 학생들에게 배움의 길을 열어주고 있는 자선가이기도 하였다.

이처럼 훌륭한 건축물을 만들며 선행을 베푸는 바탕에는 자연과 우주를 감싸는 시의 본질적 내면이 자리 잡고 있었음이리라.

금년 초 나는 두 번째 시집을 내면서 문우들과의 식사자리를 마련했었다. 당연히 문단의 윗분들을 모셔야 했지만 동료나 후배 문인 쪽으로 정을 나누고 싶은 마음으로 초대를 하면서 박상호 시인의 축하도 받게 되었다. 그날 비서실 직원들과 함께 행사장을 들어서는 그를 보며 느낀 로맨티시스트의 진한 향기는 아직도 내 마음에 남아있다.

아직은 크게 알려지지 않은 시인이지만 그는 다양한 가치들로 자기의 시심을 초월적 조화로 이끌어 내고 있다. 특히 '아폴론과 다프네' 같은 시는 이 시대의 장시를 이해하고 새로운 차원으로 접근 하려는 시도에 매우 긍정적인 역할을 할 수 있다고 여겨진다.

예부터 구전되어 오는 설화에 새로운 시대의 영혼을 불어넣어 흥미 있는 이야기의 골격으로 다듬어가면서 단순한 형식미보다 시인의 내면적 사고에 상상력을 합성한 특이한 구성으로 진한 생명력을 잉태시키고 있는 듯하다.

"시는 진리의 태양을 갈앙渴仰 하는 해바라기이며 미의
여신을 동경하는 영원한 순례자이며 절망의 어둠을 밝히
는 횃불입니다. 삶의 황량한 사막에서 샘물이며 아르테미
스의 신비한 미소입니다 시는 마음을 평화롭게 합니다.
영혼을 맑게 하는 아리따운 시를 쓰고 싶습니다"

위의 말은 계간 《부산시인》(2007. 여름호) 신예특집에
서 박상호 시인의 '시작노트' 일부이다. 시를 읽다보면 그
시인의 품성도 어느 정도 엿볼 수 있다. 그의 시에서는 아
련한 그리움의 숨결을 역동적이고 상징적인 이미지로 그
만의 짙은 색깔을 보이고 있다.

작품 '그리운 어머니'에서 그는 어머니에게 다 해 드리
지 못한 자식의 심정을 천만금의 무게로 표현하고 있다.
혈육의 정은 누구나 갖고 있는 영원한 원초적 본능이지만
우리 민족의 보편화 된 정서의 어머니를 향한, 박상호 시
인의 연민의 그리움은 가슴 속 깊이 숨겨놓은 통증이며 시
인의 뿌리가 된 옹이가 아닌가 싶다.

생명력이 살아있는 박상호 시인의 첫 시집 『동백섬 인어
공주』 출간을 기대하며 2008년을 전송하려 준비 중인 회
색빛 평화로운 동백역 거리에서 붉은 이파리들과 함께 가
랑비에 촉촉하게 젖어가는 그와의 인연도 오랫동안 투명
하게 부풀어 가을의 정취로 남을 것이다.

○ ●

시를 사랑하는 모든 사람에게
내 영혼의 선율을 들려주고 싶다

"인생은 참으로 허무하구나, 내가 시인이라면 시라도 한 구절 남기고 싶구나"

어머니는 임종 가까이 한 마디 주시고 결국 암으로 눈을 감으셨다.

그 때가 고교 2학년, 참으로 충격적이었다. 문학에 관심을 갖고 가까워진 계기가 된 것도 어린 시절 많은 책을 사 주셨던 어머니 덕이었다. 그때부터 작가가 되고 싶은 꿈을 갖고 있었다. 또한 어머니를 생각하며 나는 암을 정복할 수 있는 의사가 되겠다는 포부를 갖고 의예과에 입학하게 되었다.

그러나 의예과에 다니던 중 뜻하지 않은 사고가 발생했다. 내가 가르치던 학생들과 해운대 해수욕장을 갔는데 수영을 잘 할 수 있다던 덩치 큰 학생이 수영 중에 심장마비로 급사를 하면서 그 사고로 나는 엄청나게 시달려야만 했다. 인생에서 참으로 괴롭고 고통스런 순간들을 일찍 겪으며 모든 것을 포기해야 했고 결국 하고 싶었던 문학에 전념하기로 결심하게 되었다.

　다시 괴테와 세익스피어 작품 같은 위대한 고전을 정독하였고 단테의 신곡과 밀턴의 실낙원도 접하게 되면서 실낙원과 같은 영원불멸의 시를 쓰고 싶었다. 그때 삼촌과 합작하여 건축자재 생산 공장을 경영하게 되면서 틈틈이 시를 쓰곤 하였는데 이상하게 음주가무에는 재능도 취미도 없었으므로 시 창작에 더욱 전념할 수 있었다.

　건설업을 하면서 시기질투를 받고 음해를 당할 때도 나를 위로해준 것은 시였다. 시를 쓰는 순간은 형언할 수 없는 희열과 행복감을 느꼈다. 하지만 시의 대중성과 문학성을 놓고 볼 때 시를 위한 시를 쓰고 싶은 문학 지향적 욕구 때문에 내 시는 별로 대중적 인기가 없을 것이라는 생각을 하기도 했다.

　나는 시의 신이 있다면 기도하고 싶었다. "내면의 영혼에서 우러나오는 찬연한 보석 같은 시를 쓰게 하소서"라고 실락원이나 신곡같은 대작을 쓰고 싶은 충동에 고무되곤 했다. 내면에서 불타오르는 시에 대한 열정을 결코 쓰지 않고는 식힐 수가 없었다. 그리하여 '테메테르의 진주빛 모성'과 '아폴론과 다프네'라는 장시를 전혼을 투사해서 완성했다.

　나는 동백섬을 자주 거닐곤 한다. 해운대바다를 바라보며 동백꽃을 감상하고 인어동상을 바라보고 있노라면 시적 영감이 샘솟듯 내 곁으로 다가온다.

　피그말리온이 아름다운 여인의 조각상을 사랑하여 간절히 기원한 바 아름다운 여인으로 변모한 그리스 신화처럼 보름달빛에 비친 인어동상은 나에게 참으로 아름다운 영감을 주었다. 그것이 '동백섬의 인어공주'라는 시이며 '누리마루'는 건설시공에 직접 참여했으므로 애정이 각별하여 쓴 시이다. 동백섬을 사랑하고 가슴으로 느끼며 인어동상을 동경하는 마음으로 사색에 잠기면 나는 참으로 형언할 수 없는 행복감을 느낀다. 어떤 명예나 부보다 가치 있는 것이 시라고 생각하며 욕심을 낸다면 동백섬의 시인으로 남고 싶다.

　그동안 발표한 시들을 중심으로 한 권의 시집으로 묶어서 출간하게 되어 무척 기쁘다. 앞으로도 써놓은 많은 작품(피안의 도정, 에로스와 푸슈케 등의 장시)을 가다듬어 계속 발표를 하면서 두 번째, 세 번째 시집을 내고 싶다. 고전적인 가치가 있는 장시를 계속 쓸 것이며 시를 사랑하는 모든 사람에게 내 영혼의 선율을 들려주고 싶다. 그들에게 안식과 평화로움을 느끼게 한다면 나의 사명을 다한 것이 되므로 나는 무척 행복할 것이다.

　이번 시집이 나오기까지 모든 과정을 꼼꼼히 챙겨서 기획 편집해주신 한창옥 시인님, 해설을 써주신 남송우 교수님, 그리고 많은 지인에게 진심으로 고마움을 전한다.